KB142193

네가 혼자서
울지 않았으면
좋겠다

아직 아무것도
늦지 않았으니까
네가 혼자서
울지 않았으면
좋겠다
안상현 에세이

**contents**

## 널 울게 하는 것들이 모두 사라지는 밤

### 걱정의 스위치를 끄는 시간

## 다만, 내가 좀 더 행복해지길 바랄 뿐

아직 아무것도 늦지 않았으니까

PART 3.

# 마음 다치는 관계에 너그러워지지 않기를

## 적당한 거리를 찾는 연습

# 사랑은 떠나도 나는 남으니까

## 아픈 마음에 멈춰 서지 않기로 했다

# 혼자서
# 힘들지 않았으면
# 좋겠습니다

일단 시작은 했지만
하고 있는 일이 문득 불안해지고,
멀어지지 않을 줄 알았던 것들과 이별하게 되는,
생각만큼 사는 게 쉽지 않은 요즘입니다.

저에게도 때때로
지치거나 힘든 순간이 많았습니다.
그럴 때마다 저는 습관처럼
괜찮다는 말을 적잖게 했습니다.

내가 어떠한 상태인지도 모르면서
실은 괜찮지 않으면서 멀쩡한 척,
아닌 척 살아왔던 거죠.

그렇게 시간이 지나고 보니,
지금은 예전의 모습이 많이 후회됩니다.

'그때 분명 힘들었을 텐데, 왜 그랬을까.'
'뭐가 그렇게 두려웠던 걸까.'
하는 생각이 들었죠.

3년이라는 시간 동안 전국을 돌아다니며
1,000명이 넘는 독자분들을 만났습니다.
그러면서 더욱 확신할 수 있었습니다.

제가 글에 담아내는 감정이,
독자분들이 살면서 느끼는 감정과
별반 다르지 않다는 걸.

저의 문장들이
위로가 될 수도 있다는 것을요.

저는 이 책이 힘든 마음을 애써 모르는 척했던 이들에게,
괜찮다며 스스로 몇 번이고 다독였던 사람들에게
진심으로 전해졌으면 합니다.

몰려드는 고민에 잠 못 이룰 때도,
슬퍼서 눈물지을 때도
그건 당신 홀로 느끼는 감정이 아니니까요.

살면서 진심으로 위로를 받게 되는 순간은
내가 괜찮지 않음을 터놓고 이야기할 수 있는
누군가가 있을 때,
내가 괜찮지 않음을 말하지 않아도 알아줄 때가
아닌가 생각합니다.

혼자가 아니지만 혼자라고 느낄 때,
혼자라서 더 혼자 같은 기분이 들 때
잊지 않으셨으면 합니다.

저처럼 누군가는 당신의 마음을 이해하고,
공감하고 있다는 것을요.

당신이 혼자서 울지 않았으면 좋겠습니다.
이 책이 당신의 지친 마음을
조금이나마 안아줄 수 있기를 바랍니다.

고맙습니다.

안상현

PART 1.

# 널 울게 하는 것들이 모두 사라지는 밤

# 걱정의 스위치를 끄는 시간

● ◖ ☾

내가 무너져봤자
결국 일어설 힘은 나에게 있다.

웃을 일이 없고, 말이 없어져도
힘듦 앞에 울지 않는 내가 되기를

부디.

# 스스로 자신을 힘들게 하지 않는 법

자주 고심하게 하는 일은
오히려 생각만큼 별 것 아닐지도 모른다.

큰마음 먹고 헤어스타일을 바꿨는데
아무래도 마음에 들지 않거나,
빨래해둔 게 모자라서
양말을 짝짝이로 신고 외출할지라도

'내가 왜 그런 걱정을 했지?' 하며
민망해질 만큼 그 누구도 나에게
크게 관심을 보이진 않는다.

남의 눈치를 봤던 건, 결국 나만 신경 썼던 것.
나 자신에게 가장 민감하고, 예민했던 게
결국 '나였다'는 해답을 얻을 수 있다.

타인에게 매 순간 완벽한 모습만 보일 수 없고,
항상 긴장하며 살 수도 없다.

본인 스스로 자신을 엄격하게 몰아붙여서
계속해서 피곤하게 살아가는 것은,
오히려 이성적으로 판단할 감각을 흐려놓는다.

작은 한숨으로 넘길 수 있는 일에도
자꾸만 마음이 송두리째 흔들리곤 한다면

나 자신에게 조금은 관대하게,
마음의 소리에 귀를 기울이며
내면에 초점을 맞추는 편이 좋다.

꼭 타인의 반응이나 피드백으로
변화를 꾀하고 움직이는 게 아니라,
나만 내려놓았음에도 고요해지는 것들이
꽤나 많다는 사실을 곧 알게 될 것이다.

# 이미 잘해내는 중이니까

종종 하는 일에 회의를 느낄 때가 있는데,
도무지 발전이 없어 보일 때나 잦은 실패를 맛볼 때면
어김없이 그런 생각에 잠겼다.

당장의 확연한 변화와 행복이 없더라도,
노력의 결실은 어떠한 형태로든 반드시 나타난다고 믿는다.
그러니까 제발 위축되지 않았으면 좋겠다.

나아가는 일만큼이나 어쩌면 그 이상으로
자신을 놓지 않고, 무너지지 않는 일이
더 어렵고, 대단한 일인지도 모른다.

그렇게 마음을 가다듬고 바라보면,
나는 이미 잘 해내고 있는 중이다.

● ◖ ☾

자신의 능력을
지레짐작하기보단

스스로 얼마나 많은 일을
해왔는지를

냉정히 판단하는 마음가짐이
중요하다.

# 안될 거야, 라는 생각이 들 때면

어릴 적 배차 간격이 20여 분이나 되었던
초록색 4번 마을버스를 처음 탔을 때,
나는 부모님에게 마을버스 기사가 꿈이라 말했다.

체구도 작았던지라, 까치발을 들어
힘겹게 500원짜리 동전 하나를 요금함에 넣으면

100원짜리 2개와 50원짜리
1개를 거슬러 주시는 모습을 보며

단순히 '버스 기사는 돈이 많은 사람이구나.'라고
생각했음이 틀림없다.

긴긴밤이 지나
제법 생각할 수 있는 나이가 되었을 때,
나에겐 오히려 꿈이 없었다.
되고 싶은 것도, 딱히 하고 싶은 것도 없었다.

그저 이전을 떠올리면
어릴 적엔 뭐 그리 꿈이 많았을까, 싶어
허무함과 그리움이 몰려왔을 뿐.
난 안될 거야, 라는
부정적인 생각에 사로잡혀 살았다.

하지만 이제는 안다.

이렇게 별다른 꿈 없이도
하루하루 시간은 의미 없이 흐를 것이고
그러다 결국엔 감당 못할 일들이
터질 수 있음을.

아무런 목표도, 도전의식도 없이 산다면
오늘 같은 날들에서
한 발도 나아갈 수 없음을.

그렇기에 어릴 적 동전을 보며
좋아했던 시절로 돌아갈 순 없겠지만
그때와 같은 작은 꿈이라도 이제는 이뤄내보려고 한다.

'안될 거야.'라는 생각이
역시나가 되어버리는 게 아닌

'안될 거야.'라던 생각이
틀렸음을 확인해나가면서.

# 자신의 가능성을 좁히지 않기를

자존감의 하락과 동시에
괴로움이 증폭되는 순간은

더는 예전 같지 않다는 생각으로
자신의 영역을 스스로 좁히는
바로 그때가 아닐까.

내 가능성은
내 안에 있다.
그 사실을 명심했으면 좋겠다.

불안한 나날은 익숙해.
예상치 못한 것에 지칠 뿐.

요즘.

# 자존감이 낮다고 느끼는 사람에게 전하고 싶은 세 가지

**첫째,**

**모든 문제를 자신의 탓으로 돌리지 말 것.**

자존감이 떨어진 상황에서는
어떤 문제와 부딪쳤을 때,
자연스레 자신의 탓을 하게 된다.

'모두 다 나 때문이야.'
'내가 부족하기 때문이야.'

사사건건 생기는 문제의 원인이
물론 본인의 낮은 자존감 때문일 수도 있지만,
근본적인 원인이
본인의 다른 부족한 부분이나
타인에게 있는 경우도 다반사다.

고개를 살짝만 들어서 상황을 살펴보아도
어떤 문제인지 나름대로 확인하고 판단할 수 있는데,
바닥에 떨어진 자존감만 의식해서는
그 어느 문제도 해결할 수 없다.

**둘째,**
**타인의 말을 곧이곧대로 받아들이지 말 것.**
굳이 새기지 않아도 되는 말,
흘려 넘겨도 되는 말들까지 마음에 담아두지 말자.
시답지 않은 말들에, 내 하루를 망칠 필요는 없다.

**셋째,**
**나의 존재감을 스스로 만들고, 키울 것.**
자존감이 낮은 사람들은
타인의 시선에 휘둘리지 않겠다고 다짐하면서도

은연중에 타인에게 좋게 평가받고,
인정받기를 바란다.

착각하지 말자.

자존감은

타인에게 내보이기 위한 감정이 아니다.

스스로 자신의 존재를 인정하고

받아들이는 감정이다.

내가 살아야 하고, 나를 사랑할 수밖에 없는

그 이유를

스스로 만드는 것이다.

# 오늘의 체크리스트

- ○ 당연한 것은 없다는 걸, 기억하기
- ○ 섣불리 기대하거나, 기다리지 않기
- ○ 초조한 만큼 노력하기
- ○ 보고 싶은 사람에게 표현하기
- ○ 이제는 시작해보기

수십 번을 고민했을지라도
시도하지 않았다면

머릿속으로 그려본 것에 그칠 뿐.

결국.

# 어른인 척,
# 괜찮은 척

학창시절, 30대는 나에게
'나이가 많은 사람들'에 불과했지만
갓 성인이 된 후에 느낀 30대는
'조금은 어른스러운 사람들'이었다.

그러나 서른을 얼마 앞둔 지금 내게 30대는
'아직도 어린 사람들'일 뿐이고,
요즘은 평생 어른이 될 수 없을지도
모른다는 생각까지 든다.

어른의 기준은 도대체 무엇일까.
그리고 무엇으로 진정한 어른임을 판가름할 수 있는 것일까.

**어른 : 다 자란 사람. 또는 다 자라서**
**자기 일에 책임을 질 수 있는 사람.**

사전적 정의로는
'다 자라서 자기 일에 책임을 질 수 있는
사람'을 어른이라고 한다.

이 말처럼 어른이 되면 자신의 생각과 행동을
두려움 없이 책임지는 사람이 될 거라 믿었다.

그러나 나이를 먹으면서도
아직 자신이 어리다고 느끼는 건,

오히려 거듭되는 책임감의 압박이 너무나 크고,
더 이상 그런 것들에 얽매이고 싶지 않아

도리어 포기하고 싶어지는 심정 때문이 아닐까.

여전히 어른은 아니지만,
시간이 지나면서 말없이 그만두는 것들이 많아졌다.

이전에는 불같이 달려들어 해결하고 끝장 보았던 일도,
아무 결과도 없이, 아무 말도 없이 홀로 정리하고 만다.

스스로 내가 어른이라 자신할 수 있는 사람이 있을까.

만약 있다면, 그 사람은 누가 봐도
어른이라 고개를 끄덕일 수 있을까.

우리는 모두 어른인 척한다.

다만, 스스로 더 의연할 수 있는 선택과
현명한 후회로
하루하루를 수놓으며 살아가야 하는 거라고.

그게 어른처럼 사는 거고,
애쓰고 있는 거라고,
그렇게 믿고 있다.

# 내려놓아도
# 되는 것들

때때로 지친다고 느낄 때면
내가 처한 상황을 탓했지만

정작 나를 피곤하게 만들었던 건
그러지 않아도 될 것까지
지나치지 못했던

나였다.

● ◐ ☾

자주 흔들렸던 일에
꽤나 냉정해졌다는 거

다행이면서도,
내가 안쓰러운 일이야.

쓰는 일을 지속하다 보니
자연스레 밤낮이 바뀌게 되었고,
심할 때는 아버지의 요란한 세수 소리가 끝나야만
잠자리에 들 수 있었다.

그렇게 아침이라 하기도 민망한 오후 시간에
눈을 뜨고 나면,
식사는 과일로 대충 때우거나
한 끼 정도는 대수롭지 않게 걸렀다.

오랜만에 느끼는 지독한 무기력감이었다.
해야 할 것은 많게만 느껴지는데,
무작정 시작한다고 해서
제대로 해낼 수 있을 것 같지도 않은 마음.

괜한 불안감에 생각만 앞서다 보니,
자꾸만 스스로 주변인과 비교하며
더욱 초조해지거나,
오히려 모든 일에 자신이 없어지는 기분이었다고 할까.

잘 보이는 곳에 뾰루지가 생기는 일만큼이나,
위축된 내 모습을 바라보는 일도
쉬운 일은 아니었다.

모처럼 봄 같았던 날,
환기가 필요하다는 생각이 들어
망원역부터 시장을 지나
한강 둔치까지 걷기로 마음먹었다.

한두 블록쯤 지났을까,
고속터미널역 꽃시장에서 볼 법한
꽃수레가 나를 멈춰 세웠다.

'잘 이겨내 다행이다.'

노란 프리지아 다발을 돌돌 감싸고 있던
신문지 속 문구였다.

그렇게 홀린 듯 프리지아를 사 들고
걷고 걸어 한강에 도착해서도,
나는 한참을 꽃을 놓지 못했다.

그때의 프리지아가 유독 예뻐 보였던 건,
피어오르기까지의 과정에 최선을 다해서였고.

지금의 내가 위축될 필요 없는 것도,
꾸준히 최선을 다해 살아가고 있기 때문이라는 걸
그 순간 비로소 깨달았다.

그럴싸한 포장도 좋지만 그게 전부는 아니다.
때로는 투박하고, 부족한 것들이
가장 중요하고, 소중한 것을
더 뚜렷이 새기게 만드는 것 같다.

● ◖ ☾

이렇게 생각하면 편해요.
나쁘게 생각하면 한도 끝도 없고,

안 해서 오는 후회보단
하고 후회하는 게 더 낫기에.

이 두 가지를 합쳐서
긍정적인 생각과 한번 해보자는 마음가짐은,

나에게 기대 이상으로
좋은 자극이 되어준다는 거.

# 결국 해내는 사람들의 특징

그저 생각만 하는 사람은
아무것도 하지 않을 때를

아무것도 하지 못할 때라고
홀로 단정 짓곤 합니다.

그렇지만 다 알고 있잖아요.

이 세상에 '생각'만으로 되는 건
아무것도 없다는 걸.

아무것도 하지 않으면
그 어떤 일도 일어나지 않는다는 걸.

# "네 덕분이야"라는 말

오래도록 취업 준비를 했던 친구에게
결국은 합격했다며 기분 좋은 연락이 왔다.

"나 드디어 취업했어. 네 덕분이야, 밥 한번 먹자."

그런 친구에게 뭐가 내 덕분이냐고 물었더니,
자신이 준비하는 동안
가끔 만나 함께 시간을 보내준 것들이
그냥 다 고맙단다.

어쩌면 내가 잘되고 싶은 이유도
내 사람들에게
'네 덕분'이라는 말을 해주고 싶어서인지 모르겠다.

지금에 이르기까지
나의 노력이나 열정도 있었지만,

덕분에 버틸 수 있었다고
덕분에 이겨낼 수 있었다고

말해줄 수 있으니까.

네가 나에게
그만큼 큰 존재라는 진심을
전하고 싶으니까.

● ◖ ☾

많이 울고,
많이 잃어본 사람은 안다.

삶에 무조건적인 내 편이 있다는 게
얼마나 큰 행복인지.

# 타인의 시선에
# 연연하지 않기로 했다

금방 달라지는 건 없어도
그렇게 해야
아니 그렇게 해야지만
조금은 내려놓을 수 있을 것 같아서

어제보단 온전해질 수 있을 것 같아서
차라리 그만하기로 했다.

더는 타인의 시선에
연연하지 않기로 했다.

# 모두에게
# 좋은 사람일 필요는 없다

뭐, 좋죠.

누군가에게 혹은 모든 사람에게,
착한 사람으로 인식될 수 있다는 거.
또, 예전엔 그게 당연히 옳은 일이라
생각했었으니까.

근데, 나의 불편함을 감수하면서까지
누군가에게 잘 보일 필요는 없는 거예요.

그렇게 유지해온 관계를
앞으로도 애써 이어가려 한다면

돌이킬 수 없는 공허함만 낳거나,
내 어깨를 무겁게 할 일만
점점 늘어나게 될 거예요.

적당히 해요.

남의 시선을 의식하며
솔직한 마음을 감춘다면 그것이
오히려 당신을 나쁘게 비출 수 있어요.

겉만 번지르르하게 보이는 지금의 모습보다,
조금은 이기적이어도 솔직한 당신의 모습을

어쩌면 사람들은 더 원할 거예요.

● ◖ ☾

대개 최악의 경험들은
그다음을 위한 최선이 된다.

그게 잘 안 되는 사람에게
답답함과 측은함을 느낄 뿐인 거고.

# 나만의 속도로 살아갈 것

가진 것이 완전히 바닥났을 때
그제야 없음을 아는 사람과
가진 것이 얼마 남지 않았을 때
없음을 먼저 눈치채는 사람이 있다면

당신은 후자의 삶을 살았으면 해요.

초에 심지가 전혀 없으면
불을 붙일 수 없는 것처럼

일말의 마음이나 힘 같은
나를 지키기 위한 최소한의 것마저도
전부 소진해버린다면

자신의 원래 속도대로,
소신대로 살아가는 것은

더욱이 버거워지고,
어려운 일이 되어버리니까요.

# 그 무엇보다도
# 나를 놓지 말아야 할 때

사람이 가장 처절해지는 순간이
언제인지 알아요?

아등바등 붙잡다가도,
결국 현실적으로 생각해야 할 때예요.

무언가를 이루지 못했다는 자책,
누군가를 떠나보내거나, 잃어버렸을 때의 슬픔,
더는 할 수 없게 되어버린 아쉬움.

이런 감정을 살필 사이도 없이
현실적으로 판단해야만 해서
이제는 어쩔 수 없다, 포기해야겠다, 라는 결론을 내릴 때.
가장 처절해지는 게 그때예요.

무너지고 싶지 않은데 무너지고,
울고 싶지 않지만 울게 되는 순간들.

현실의 벽 앞에서
내 마음을 스스로 돌려세워야 할 때
그때가 그 무엇보다도
나를 놓지 말아야 할 순간이에요.

노력했음에도
문제가 해결되지 않았다는 건

노력이 부족해서가 아니라
방법을 달리해야 한다는 뜻일 수 있다.

## 듣기 싫은 변명

스스로도 자신의 행동에 대해서
떳떳하거나, 당당하지는 못하지만

자신에게 유리한 쪽으로 결론짓고,
책임은 회피하고 싶어 하는 사람이
으레 내뱉는 말.

'어쩔 수 없었어.'입니다.

# 휴식이 필요할 때 알아야 할 것들

감정적, 육체적으로
쉬지 못해서일 수도 있지만

참을 만큼 참았다거나
노력해도 진전이 없을 때

더는 기대를 하고 싶지 않거나
이제는 신경 쓰고 싶지 않을 때

우리는 '지친다.'라고 말합니다.

하지만 그만큼 나를 지치게 하는 것은
대부분이 당장 떨쳐낼 수 없거나,
눈감아버리기 힘든 일들입니다.

예전에 사랑했던 사람이
이런 말을 해준 적이 있습니다.

어떤 일은
나의 힘으로 어찔 수 없는 영역이 존재한다고.

그렇기 때문에 그런 것에
마음을 곤두세워봤자
전부가 피곤해지는 일일뿐이라는 말을요.

지치는 마음 또한
어쩌면 타인은 모르는,
홀로 느끼는 마음입니다.

그렇기 때문에 더더욱
나만은 힘든 나를 알아줘야 합니다.

'내가 버거운 짐을 지고
걷고 있구나.'라는 것만 인지하는 게 아니라

올라선 길 위에
잠시 짐을 내려놓을 여유도 가져보는 것.

때로는 휴식이
무언가를 해내려고 애쓰는 것보다
더 귀중한 보탬이 되어주기도 하니까요.

# 놓지 않는 것만으로도,
# 충분히

버티고, 유지하는 것이
힘들다는 생각을 떨칠 수 없을 때

그땐 꼭 무언가를 하지 않아도
충분히 잘하고 있는 것입니다.

언젠가, 만약 당신이 좋아서 시작한 일을
더는 좋아하는 마음만으로 계속할 수 없을 때나,

고민하지 않았던 것들을
고민해야만 하는 시기가 찾아온다면,

포기하지 말자고 마음먹어주세요.
믿어요, 꼭.

PART 2.

# 다만, 내가 좀 더 행복해지길 바랄 뿐

아직 아무것도
늦지 않았으니까

● ◖ ☾

절대, 나를 놓지는 마세요.
앞으로의 남은 순간들은
아직도 무궁무진하니까요.

여전히,
할 수 있습니다.

# 도전하는 일이 두렵다면

언젠가 이런 질문을 들은 적이 있다.

"하고 싶은 일 없이 살아온 게 너무 후회돼요.
하고 싶은 게 없다는 핑계로
이것저것 시도해보지 않아서,
현재의 저는 새롭게 도전하는 게 두려워요.
어떻게 해야 두려움을 없앨 수 있을까요?"

반대로 묻고 싶었다.
하고 싶은 일이 있었고,
하고 싶은 것에 많이 도전하며 살아온 사람이라고 해서
두려움 없이 인생을 살 수 있을까?

어떠한 일을 하든 문제는 산적해 있고,
어려움과 두려움 또한 모든 상황에 존재한다.

그걸 알면서도 많은 사람이 두려움이란 감정에
손과 발이 묶이고 만다.

스스로 자신의 가능성을 깎아내리지 말자.
세상에 헛된 경험은 없다는 말처럼,
일단, 해보자.

다가오지 않은 일을
속단하지 않고 일단 해보는 용기.
그것이 두려움을 덜어낼 수 있는 유일한 방법이니까.

# 마지막이라는 생각으로

마지막이라는 간절함으로,
마지막인 것처럼.

노력하는 마음에 절실함이 더해진다면,
그 어떠한 힘보다도
내가 일어설 수 있는 원동력이 되어줍니다.

포기하지 마세요, 늘 마지막이라는 생각으로.

지치는 것에 무뎌지면
지킬 수 없는 것이 많아져요.

딱 그만큼.

# 행복하고 싶은데 방법을 모를 때

종종 깊은 고민에 빠져 있거나,
눈앞의 벽에 가로막혀
좌절하고 힘들어하는 사람들의 메시지를 받는다.

"요즘 너무 불행해요."
"저는 하루하루 힘든데, 세상 사람들은
어떻게 이렇게 행복해 보일까요?"

나는 '행복하다.'라는 말 속엔
그럴 만한 분명한 이유가 존재한다고 믿는다.

누군가로 인해 행복해지거나,
잠깐 일상에서 벗어나는 여행으로 행복할 수 있다면,

그건 언제, 누구와, 무슨 일을 했을 때
행복할 수 있는지를 스스로 찾아냈기 때문이다.

행복은 결코 남에게 기대어 얻을 수 있는 것이 아니다.
행복해지는 방법을 스스로 찾아낸 사람만이
반드시 행복해질 수 있다.

기억하자.
고민 때문에 힘들고, 내일이 막막할지라도
내 행복은 내가 만들어가야 한다는 걸.

내가 언제 행복했는지
가만히 떠올려보라.

누구든 그 방법을 찾아낼 수 있다.
그리고, 그렇게, 반드시 행복해질 것이다.

# 거창한 꿈이 아니더라도

나는 문득 어디론가 떠나고 싶다는 생각이 들 때는
그 목적지로 가는 표를 미리 끊어놓는다.

있는 돈, 없는 돈을 전부 끌어모아서
분주하게 표를 예약했을지라도,

그 후에는 떠나는 날까지
설레는 마음으로 여행 준비를 하며
행복하게 시간을 보낼 수 있다.

비록 여행이 대단하거나 엄청난 일은 아니지만
여행 일정을 잡지 않았더라면 평소와 다름없이
뻔한 하루를 보내고 있었을지도 모른다.

어쩌면 인생도 이와 비슷하지 않을까.
여행이라는 이벤트로
일상 속에 활기를 불어넣었듯이

꿈과 목표를 삶 곳곳에 잡아두는 것만으로
지루한 인생을
설렘과 두근거림, 기쁨으로
채울 수 있지 않을까.

취미로 쓰기 시작한 일기가
한 권의 책이 될 수도 있고,
좋아서 들었던 노래 덕분에
작곡을 시작할 수도 있듯이

거창한 꿈은 아니더라도 나만의 목표가 있다면
돌아봤을 때 "꽤 멋진 여행이었다."라고
인생을 말할 수 있게 되지 않을까.

처음에 덧셈을 어려워했지만
어느덧 곱셈을 할 수 있게 된 것처럼,

미숙하고 어색했던 일에도
편한 감정을 느끼게 되기도 하는 것처럼,

내가 세웠던 기대치 때문에 나를 미워할 이유는 없다.

조금은 서툴고 부족했던 것도
지금의 내가 되기까지의 과정이었다는 걸,
이제는 안다.

# 정답이 없는 기분

사랑하고 싶은데
사랑하고 싶지 않은 것.

외로운 감정이 가득한데
그렇다고, 쉽게 마음을 열고 싶지 않은 것.

지금의 상황에서 벗어나고 싶지만
정작 두려움에 망설이는 것.

나만 생각할 수는 없는 건데
나를 생각하는 일도 필요하다 느끼는 것.

예전과 달라진 나라고 믿었지만
예전과 다를 바 없는 나를 보는 것.

이런 기분에
정답은 없겠지.

다만, 내가 좀 더 행복해지길 바랄 뿐.

## 꾸준히,
## 괜찮아지도록

통증이 생겨서 병원에 다닌 지 한 달.
다시 한 번 진단도 받고, 상태를 보기 위해서
오랜만에 한의원으로 향했다.

"뼈의 위치가 다시 치료받기 전처럼
원래대로 많이 돌아온 상황이에요."

한 달 전, 치료를 받은 후
나아진 것 같은 느낌에 별다른 조치를
취하지 않았는데 그게 화근이었다.

"오랫동안 잘못된 자세로 자리 잡았던 뼈이기 때문에,
꾸준한 스트레칭이 필요합니다.
자세의 잘못됨을 떠나서 뼈도 새로운 환경을 꺼리고,
원래의 자리에 머무는 것을 좋아해요."

'신경 쓰지 못한 것에 대한 훈계인가?'라는
생각이 드는 찰나였지만,
의사의 설명은 지금의 '나'와도 너무나 닮아 있었다.
요즘의 나 또한 새로운 것은 꺼리고,
익숙한 것만을 추구했으니.
현재 내 모습의 잘잘못을 따지지 못하고,
겁내며, 쉽게 지치곤 했다.

겉으로만 괜찮은 척하면 될 줄 알았던 안일한 심보는
겉도 속도 돌보지 못한 결과 앞에 홀연히 무너졌다.

스트레칭하듯, 유연해지는 연습을 해야겠다.
낯선 쪽일지라도 한 걸음씩 나아가보면서
조금씩, 꾸준히, 내가 괜찮아지도록.

● ◖ ☾

해낼 수 없는 계획에 붙잡히기보단
작더라도 분명한 목적을 가질 것.

여러 사람에게 많은 조언을 구하기보단
내 사람의 따듯한 말 한마디에 집중할 것.

무엇보다 내가 행복해지는 방법을
스스로 찾아낼 것.

## 최소한의 대책

'만약에'라는 가정으로 보험을 들어놓는다.

좋은 쪽으로 나아지는 전개는
안도감을 주지만

끊임없이 최악의 경우를 상상해보며,
상처에 대비한다.

"나쁘게 생각해봤자
좋을 거 하나도 없잖아."

"아니? '만약에'라는 가정 때문에
나는 훨씬 덜 힘들었어."

홀로 매너리즘에 빠져서 허우적거릴 때가 있었다.
나는 남들보다 기대하는 버릇이 컸다.

그렇기에 결과에 쉽게 실망하고, 상처받으며
자책하는 일이 잦았다.

어느 날부턴가 사람에게도, 다가올 일에도
차츰 한 발자국씩 떨어져 보게 되고,
최소한의 부정적인 생각을 해보게 되었다.

모든 결과가 내 뜻대로 될 수는 없음을
받아들이고 상황을 마주했더니
한결 편한 시선으로 바라볼 수 있었다.

예상치 못한 문제도,
누군가 떠나가는 순간까지도
조금은 쉽게 수긍할 수 있었다.

누구에게나 좋은 일뿐이었으면 싶다.

하지만 현실은 녹록지 않고
하루하루가 순탄치 않음을
너무나 잘 알고 있다.

바라는 대로만 되지 않기에
버려야 할 기대가
조금은 줄어들 수 있도록

최소한의 부정적인 생각으로
나를 지켜낸다.

# 사소하지만 중요한 다짐

타인에게 높은 기대를 하지 말 것.
확실한 이해도 바라지 말 것.

관계란 끊임없이 해결해야만 하는 숙제와 같으며,
알아갈수록 실망하는 일이 더 많을 수 있음을 인정할 것.

최대의 노력을 했을지라도
언제든 불만족스러울 수 있다는 걸 명심할 것.

때때로 공허함과 외로움이 마음에 가득할 때
온전히 받아들이며 감내해볼 것.
안일한 감정으로 시작하려는 사랑은 절대적으로 피할 것.

아무리 마음 놓고 울 수 있는 사람 앞일지라도
빈번히 울지 말고, 확실한 슬픔만 드러낼 것.

어려운 상황일수록 최악을 떠올려보고,
최선과 차선을 세울 것.
소소함에 미소 짓는 나를 발견해볼 것.

명확한 의사로 타인에게 상처 주지 않으며,
애매한 여지를 주지 않을 것.

자신을 사랑하는 법을 찾아볼 것.
우울한 날이면 부담 없이 할 수 있는,
좋아하는 일 하나쯤은 꼭 만들 것.

모든 것에 자신만만하진 못하더라도,
의연하고 꿋꿋하게 살아갈 것.

● ◖ ☾

과거의 행동이
오늘의 핑계가 된다면
내일이 나태해지고
미래는 불투명해질 테니까.

## 한순간에 뒤바뀐 일상 속에서

너도, 나도 몰랐겠지.

우리가 얼마나 사소한 것에
실망하고, 포기하게 될지.

아무것도 아닌 일에
얼마나 행복해하게 될지.

# 온전해 보이고 싶은 마음

한번은 힘들다는 말에,
예고도 없이 우리 집 앞이라며 찾아온 사람이 있었다.
정확히 말하자면, 나의 집 앞인 줄만 알았을
남의 집 앞이었겠지만.

"어? 왜 거기서 나와?"라는 그 사람의 물음에
"네가 서 있는 그 집은 우리 집이 아니야."라고
차마 이 말을 하진 못했다.

그런데 그렇게 집에 돌아와서
'이게 숨길 만한 거였나?'라는 자괴감과 동시에
'왜 솔직하게 말하지 못했을까?' 하는 의문이 들었다.
곰곰이 그 이유를 생각해봤다.

'단순히 내 상황이 부끄러워서?

생애 첫 이사를 반지하로 온 게?
내가 더 간절히 살아야만 가족이 이곳에서 탈출할 수 있다는
중압감 때문이었나?'라면서 말이다.

나는 그 누구보다 온전해지고, 완전해지고 싶다.
어쩌면 그래서 숨기고 싶었는지도 모르겠다.
혹여나 그 사람에게 내 상황이 치부로 보이진 않을까,
나의 배경이 좋았던 감정에 제동을 걸진 않을까 염려하면서.

그렇게 아닌 척 B01호인 집을 B-01로 표기하기도 했지만,
누가 봐도 온전해 보이고 싶은 괜한 욕망이 아니었을까.
당연히 1층에 살고 있을 거라 철석같이 믿었을 사람이었기에,
조금 더 나은 나로 보이고 싶었던 욕심과 같은 것 말이다.

그를 보내고 돌아서면서
오히려 이런 내 모습이 바보처럼 느껴졌다.
다시는 한순간의 온전해 보이고 싶은 마음 때문에
지금 내가 서 있는 곳을, 나 자신을,
부끄럽게 치부하지는 말아야겠다고 생각했다.

고작 잘 보이고 싶은 마음 때문에
나를 미워하진 말자고.

● ◖ ☾

걱정했던 일들에 잠식되지 않기를
다짐했던 것들에 더는 주춤하지 않았으면.

# 혼자서도 울지 않았으면

나는 지금 애월이야.
한 달 전 이 제주행 비행기 티켓을 끊을 때까지만 해도
차오르는 우울감을 홀로 견딜 수가 없어서
이렇게 도망치고 싶었던 것 같아.
기분이 심해 저 깊숙이 자리 잡은 것 같지만
막상 내 눈에 바다가 담기면 조금은 나아질 것 같아서
그래서 무작정 온 거야.

잘 웃는 편이지만, 나는 분명 우울감을 지닌 사람이야.
그래서 가끔 조심스럽기는 해.
세상은 여전히 우울에 대해 편견을 가진 것 같아서.
"저 사람은 우울한 사람이야."라는 프레임이 씌워지면
거리를 두는 사람들을 바라보며,
나의 우울을 감추고, 참아내기 바빴으니까.

근데 나는 이런 우울을 나쁘게 생각하고 싶지 않아.
나는 우울의 감정선을 알기에 글을 써야겠다는
용기를 낼 수 있었고, 덕분에 사랑하는 내 사람들에게
좀 더 세심하게 대하려 노력할 수 있었던 것 같아.

우울해하지 않아도 될 일에 우울해하는 사람을 보며
안아주고 싶다는 생각을 하고,
나의 우울을 잊게 해주는 사람을 보며
그걸 사랑이라 느끼기도 했으니까.

정말로 조심해야 할 건 자신의 우울을 이용하는 사람이야.
그걸 무기 삼아 상처 주고, 자신의 우울을 전염시키는 사람.
굳이 괜찮았던 것까지 끝내 안 좋게 단정 짓는 사람 말이야.

네 우울은, 네가 우울한 감정을 느끼는 건,
자책할 일도, 잘못도 아니야.

우울을 아니까,
네가 행복도 아는 거야.

# 나는 나에게 맡긴다

주변의 타인에게 물음을 건네는 것으로,
자주 고민의 해답을 얻으려는 후배가 있었다.
그는 사소한 것 하나하나 다른 사람의 의견에 의존했는데,
가끔은 '저런 것까지?' 싶을 만큼 많은 것을 물었다.

그 후 회식 자리에서 다시 만나 질문을 받았을 때도,
나는 내가 생각하는 적당한 해결책을 제시했다.
하지만 한 가지 확실한 건, 그는 오랜 시간 대화를 나누면
상당히 피곤해지는 사람이라는 것이었다.
스스로 판단하고 선택할 의지는 전혀 보이지 않는 채로,
자신의 문제를 타인의 의견으로 봉합하기에
급급한 느낌을 받았기 때문이다.

타인에게 물음을 건네며 해답을 얻는 길이,
당장은 속 편한 방안일지도 모르겠다.

그러나 그렇게 '이제 됐다'라고 정신 승리를 할지언정,
결과적으로 내게 그다지 도움이 되지 않는 길이라는 걸,
이후에 같은 실수와 고민을 되풀이하며 깨달았다.

혼자 생각하다가 더 막막해지고, 잡념에 빠져들게 되는 건
어쩌면 너무나 당연스러운 결과인지 모른다.
그렇기에 홀로 문제를 느끼고, 해결을 위해 움직이면서
나를 힘들게 했던 응어리를 해소하기까지는
오랜 시간이 필요할 수밖에 없다.

어떤 문제의 해결책도 100퍼센트 만족스러울 수 없고,
100퍼센트 완벽할 수 없다.
당장은 의구심이 들지라도, 스스로 해결해보려는 시도는
결국 나에게 선한 채찍질이 된다.

나의 가장 큰 적도 나이지만,
내가 가장 믿어야 할 사람도 나라는 걸.
잊지 않았으면 하는 마음이다.

● ◖ ☾

나를 안온하게 만들어주는 것은
생각보다 눈에 보이지 않는 게 많아.
그러니 그것들이 희미해질 때쯤
뒤늦게 깨닫고, 후회하는 거지.

놓치지 않았으면 해.

널 스치고 지나가는
중요하고도 소중한 것들을.

# 그 마음을
# 잃지 않기 위해

변하지 않으려는
'초심으로 돌아가자.'라는 다짐은

시작이 내게 주었던 설렘과 열정을
다시 한 번 살펴보자는 것이다.

처음만큼 마음 쏟는 일을
과정에서도 지속한다는 건
정말 쉽지 않은 일이니까.

# 무리한 계획부터 세우고 있다면

오롯이 자신의 목표를 위해서
'3년'이라는 시간을 미친 듯이 달려온 친구가 있어.
근데, 그런 친구가 어제는 내 앞에서 펑펑 울더라고.
자꾸 불안하다는 거야.

그리고 너무 힘들대, 이대로 괜찮은 건가 싶고.
지금껏 앞만 보면서 무작정 달려왔지만,
벌써 올해는 다 지나갔고, 곧 다가올 내년은
하나도 준비되어 있지 않다면서 말이야.

나는 있잖아,

자기 자신을 지치게 할 만큼
무리한 목표와 계획이라면,
차라리 세우지 않았으면 좋겠어.

물론, 목표 지향적인 계획을 세우는 것도 중요하겠지만,

때때로는 실천하지 못해서 오는 상실감이
사람을 더 무기력하게 만드는 법이니까.

굳이 많은 것을 꿈꾸지 않았으면 해.
이미 네가 해온 것들도 충분히 대단하고,
충분히 자랑스러운 일들이니까.

불안해하지 않아도 된다는 거야.
조금은 쉬어가도 괜찮다고.

● ◖ ☾

조금 늦고, 더디다고 해서
부족하기만 한 게 아닌 것처럼

먼저 이룬다고, 빠르다고 해서
완벽한 것도 아닌 거야.

조급해하지 않아도 돼,
네가 포기하지만 않았으면 좋겠어.

## 피할 수 없다면

취업 준비는 안 하냐는 부모님의 걱정을 뒤로하고,
원고 마감이 얼마 남지 않았다는 핑계로
간간이 파트타임 아르바이트 생활을 이어갔다.

새벽 5시에 일어나서 점심시간까지는 카페에서 일하다가,
글쓰기 수업이 있는 날이면 곧장 작업실로 향해
수업 준비를 했다.

'벗어나고 싶다, 도망치고 싶다, 여행 가고 싶다.'라는 말을
속으로 자주 되뇌었지만,
갇혀 있던 일상을 벗어날 용기 또한
역시나 쉽게 생기지 않았다.

자신을 가만두지 않는 성격이라,
한가로이 허송세월 보내는 걸 좋아하진 않았지만,

한 장소에 오래 있는 일만 계속하다 보니
쉬는 시간에는 꼭 일하는 곳 근처를 산책했다.
마무리 짓지 못한 글을 떠올려보거나,
이런저런 고민과 잡념에 빠져 한참을 걸었다.

답답한 마음 때문도 있었지만,
사실 산책을 포기할 수 없었던 가장 큰 이유는
큰 대로변 근처에 뜬금없이 놓인 철길 건널목 때문이었다.

종종 건널목 주변 돌담 의자에 앉아 있곤 했었는데,
언제 내려올지 모를 차단기 뒤로 모든 차를 멈춰 세우고
유유히 지나가는 기차를 보는 일은 흥미로웠다.
또 한편으로는 망설임 없이 떠나가는 기차가
내심 부럽게 느껴지기도 했다.

하루는 건널목을 가로질러 가야 하는 날이 있었다.
그 순간 익숙한 경고음과 차단기가 나를 가로막았고,
늘 그랬듯 기차는 지나갔다.

역시나 달라지지 않은 모든 것들이었지만,
그날은 유독 그곳의 경고문 하나가 눈에 밟혔다.

'갇혔을 때 돌파하세요.'

조용하다 못해 지독히도 일정한 삶에
의구심이 드는 순간마다,
다시금 단조롭고 평범한 일상에 안주하고 말았던,
결국 겁 많은 나 자신이었다.

쉽지는 않겠지만 피할 수 없다면
돌파해야 할 때도 있다는 걸,
나는 수십 번 그 건널목을 지나치고서야 알았다.

# 사물이 거울에 보이는 것보다 가까이 있음

행복이

삶에 보이는 것보다

가까이 있음.

# 갈림길에 서서

나는 마음속으로 자주 발을 동동 구르는 사람이야.
아마 그 누구보다 초조해하고, 겁내면서,
그만큼 숨기기도 잘할걸.

어제는 네가 좋아하는 별이 잘 보인다길래,
현실 도피하려는 사람처럼 강릉을 다녀왔어.
어릴 적 경주에서 할아버지와 함께
별빛만 가득 쏟아지는 밤하늘을 본 적이 있었는데,
요즘도 그런 하늘을 볼 수 있을까, 하면서 말이야.
결과부터 말하자면 하늘은 여전하더라.

멍하니 위를 바라보다가도 불현듯 울컥하는 순간이
찾아오기도 했는데,
이제는 내가 굳게 마음먹어야지만
이런 광경을 볼 수 있게 되었다는 게

조금은 서글퍼서 그랬던 것 같아.
밤하늘은 여전한데, 변한 건
크면서 내게 자리 잡은 쓸데없는 의심과
비관적인 태도들뿐인 것 같은, 그런 이유도 있겠다.

나, 많이 불안한 건가?
정신 차려 보니 이젠 꽤나 어리지 않은 축에 속하게 되었고,
지금도 남은 인생은 무엇을 하며 살아야 할까, 라는 물음에
답을 찾지 못했으니까 말이야.
아무것도 할 수 없어서 불안한 건데,
모순적이게도 아무 생각 없이 쉬고 싶기도 해.

내 인생에도 황홀한 순간이 찾아올까.
이렇게 무작정 쉬어도 늦지 않을까.
쉬고 나면 그때는 과연 좀 나아질까.

나는 지금 갈림길에 서 있어.

다행히,
아무것도 할 수 없다면
정말로 쉬어가야 할 때라는 걸 알아.

● ◖ ☾

잘하고 싶지 않은 사람이 어디 있겠어요.
누구나 나아지고 싶고, 괜찮아지고 싶겠죠.

그래도 간과하지는 말아요.

나의 상태를 신경 쓰지 않고
무작정 밀어붙이는 건,

결국 자극이 아니라
몰아세우는 것에 불과하다는 걸.

지금도 초라하지 않아요,
너무 애쓰지 말아요.

# 내가 되고 싶은 사람

만약 10킬로 정도 달리는 힘을 가졌다면
무작정 앞으로 뛰는 것에 소진하는 사람이 아니라
5킬로 즈음에서 되돌아설 수 있는 사람이고 싶다.

무리하지 않아도 될 정도의 적당함을 알고
나중을 생각하는 현명함을 지닌
자만하지 않는 사람으로.

# 버렸으면 하는
# 습관이나 버릇들

**첫째,**

**남을 심하게 의식하는 것.**

생각해보면 누구에게나 한 번뿐인 인생입니다.
다양한 사람을 만나며 수많은 일을 겪겠지만,
실질적인 결정이나 해답을 내려야 할 때면
누구나 그 끝에서 반드시 자신과 마주해야 하죠.

남의 시선을 과하게 의식하면서도
반대로 내가 원하는 것, 잘하는 것은
무엇인지 모르는 채로
인생을 살고 있지는 않나요?

그러기엔 너무나 아까운 당신의 인생과 마음들입니다.

**둘째,**

**잔걱정에 휩싸이는 것.**

잔걱정이 많은 사람은 하나에 집중하기가 힘듭니다.
그래서인지 어떠한 일에 임하더라도
좋은 결과를 내거나, 빛을 보는 일이 더욱 쉽지 않습니다.
매사에 반응하지 않는 연습, 담담해지는 연습이 필요합니다.

섬세한 것도 좋지만 작은 일에 일일이 마음을 쓰다 보면
어쩔 수 없이 그만큼의 불안에 휩싸이게 되니까요.
적당한 불안만 의식하고, 그 불안을 내일을 위한 자극제로
쓸 수 있다면 좋겠습니다.
절대로 걱정이 나를 갉아먹게 둬선 안 되니까요.

**셋째,**

**무조건 참기.**

참으면 해결된다고 믿던 시기가 있었습니다.
'시간이 지나면 괜찮아지겠지.'라고 생각하며
감정이 상하거나 좌절하는 순간에도 꾹 참아왔는데
그런 인내는 사람을 곪게 합니다.

바보처럼 참기만 하다가, 또, 또 그렇게 무너지는 것입니다.
본인의 자존감을 뒤흔드는 일에 더 이상 무조건 참지 마세요.

**넷째,**
**남과 자신을 비교하는 것.**
비교가 무조건 나쁜 것은 아닙니다.
때로 타인과 자신을 비교하며 좋은 자극을 받기도 하니까요.
그러나 비교로만 끝나는 비교는 마치 매년 반복되는
다이어트 결심, 무의미한 신년 다짐 같은 것입니다.
이제 다시 생각해볼 때입니다.

과연 나의 비교가 비교다웠는지,
그만한 가치가 있었던 비교였는지.

**다섯째,**
**끝난 관계에 미련을 갖는 일.**
관계에 대한 고민은 끝이 없는 것 같습니다.
지금 이 순간에도 많은 분이 인간 관계에 대한 고민,
특히 떠나간 인연에 대한 고민을 제게 털어놓고 있습니다.

떠난, 이제는 되돌아오지 않을 사람에게
미련을 갖지 않는 것이 자신을 위한 일이라는 걸
새로운 인연의 문을 여는 길이라는 걸
알면서도 놓치는 분이 많죠.

쉽지 않은 일이지만 언제까지 끝난 관계에
혼자 머물러 있을 수는 없는 일입니다.

**여섯째,**
**안 좋은 생각으로 시작해, 안 좋은 생각으로 끝내기.**
어떤 일을 시작하기도 전에 부정적인 생각을 먼저 하고,
끝난 일도 아닌데 안 되는 쪽으로 단정 짓는 습관.
이런 습관은 늘 저를 괴롭혀왔습니다.
하지만 이제는 알 것 같습니다.

과정과 결과가 어떠한 형태로 귀결되든,
그 사이의 일들은
분명히 내게 경험으로 남는다는 것을.
그 어떤 시도도 의미 없는 일은 없다는 것을.

시작이 좋지 않았다면
계획을 수정해 다시 실행하면 되고,

끝이 좋지 않았다면
원인을 분석해 같은 실수를 반복하지
않으면 되는 것입니다.

시작하기도 전에 좋지 않은 끝부터 지레짐작한다면
그 무엇도 해낼 수 없습니다.
그 누구도 용기를 낼 수 없겠죠.

**일곱째,**
**쓸데없이 자존심을 세우는 것.**
당연지사겠지만 지나가버린 일은 돌이킬 수 없습니다.
때때로 알량한 자존심에 그토록 소중하고, 사랑했던 진심을
숨기고 미련하게 이별을 떠안을 때가 있죠.

자존심과 자존감은
반드시 갖추고 지켜야 할 것이지만,
때와 장소, 상황이 중요합니다.

**여덟째,**

**나를 사랑하지 않는 것.**

나조차 나를 사랑하지 않는다면,
누구에게 사랑을 받더라도
그 마음을 제대로 받아들일 수 없습니다.

자신을 아낄 줄 모르면
모든 것이 무의미하게 느껴지게 마련입니다.
나를 정면으로 응시하고 사랑할 수 있어야만,
제대로 사랑받고 사랑할 수 있습니다.

나는 생각보다 괜찮은 사람이라는 걸,
어쩌면 당신만 모르고 있는 것은 아닐까요?

**아홉째,**

**주관 없이 타인에게 많이 의지하는 것.**

당연히 힘들어서, 힘들기 때문에
다른 이에게 의지할 수 있습니다.

그러나 흔들리는 건 나인데,
그 흔들림의 이유를 타인에게 물을 수는 없습니다.
내가 부족했던 게 무엇인지, 내가 왜 이렇게 됐는지.

결국 나의 시선으로 판단해야 하고,
결론 내려야 할 일입니다.

살아오면서 어느 순간 익숙해져 버린
습관이나 버릇들이
나에게 당연한 숙명처럼 느껴질 때가 많았습니다.
그리고 어김없이 외롭고 공허해졌지요.

지금 이 순간부터는
다르게 살아보면 어떨까요?

과거의 잘못된 습관을 인식하고,
조금이나마 멀어지려고
노력하는 것에서 변화는 시작됩니다.

● ◖ ☾

하던 일이 잘되지 않을 때도 있으며,
걷다 보면 막힌 길을 마주할 때도 있습니다.
그럴 땐 되돌아가거나, 다시 힘을 비축하면 되는 것입니다.

더 이상
타인의 시선을 의식하며,
척하며 살지 않아도 괜찮습니다.

# 휴식의 기술

일반적으로 자동차 전조등을 낮에 켜지 않는 건,
굳이 점등하지 않아도 잘 보이기 때문이다.

딱히 별다른 일정이 없었던 하루임에도
쉽게 피로를 느꼈거나 지쳤다면,

적당히 쉬어갈 타이밍을 잘 모르고 있거나,
휴식의 시간을 스스로 외면하고 있는 경우가 많다.

그 모습이 타인에게 부지런해 보일 수 있겠지만
자신을 피곤에 몰아넣고 있다는 걸
잊지 않았으면 한다.

정말 일을 잘하는 사람은
단순히 일을 열심히,
많이 하는 사람이 아니라

적당한 쉼과 몰입의 시기를
인지하고 있는 사람이다.

## 나를 살게 하는 힘

지금 지쳤다면,

우선 자신에게 초점을 맞춰보세요.

나만을 위한 1번의 보상은

살면서 마주할 10번의 힘듦마저도

이겨낼 힘이 되어줄 테니.

나를 살아가게 하는 힘은

스스로 깨닫고, 일어섰을 때

가장 강해집니다.

꼬인 것을 풀려다가
되레 같이 엉켜요.
관여하지 않아도 될 일까지
신경 쓸 이유는 없다는 거예요.

# 차라리 소란한 삶이 나을지도

얼마 전에는 이런 일이 있었어.
할 일이 있어서 부랴부랴 카페를 갔는데 전부 만석인 거야.
좌석이 꽤 많은 카페였는데도 말이야.
그러다가 결국 카페 입구 쪽에 자리가 생겨서 앉게 되었는데,
역시나 자리에 앉는다고 해결되는 게 아니더라고.
문을 열 때마다 찬바람은 들어오지,
나처럼 자리를 찾기 위해서 이리저리 방황하는 사람들과
음료를 주문한 손님을 찾는 카페 직원의 목소리까지.

노트북은 켜진 지 오래인데,
시끄러운 주변 때문에 작업을 못 하겠더라고.
마치 모든 사람이 내 귓가에 대고 이야기하는 것처럼,
대화가 아닌 소음이라 느껴졌으니까.

그렇게 도저히 일에 진전이 없어서,
다시 짐을 이끌고 위층으로 올라갔더니
운 좋게도 콘센트 있는 자리가 비어 있었어.
필사적으로 가방을 던지고 냉큼 앉았는데 왜 그런 거 있지,
이번에는 이 자리가 왜 빈자리였는지 알 것 같은 거.

예상했던 것 이상으로 너무 조용한 거야.
아래층과는 다르게 숨 막힐 듯한 고요가 가득해서
오히려 신경 쓰이지 않았던 다른 것에 예민해지더라고.
내가 내는 작은 소리, 혹은 상대가 내는 소리가 들리고,
내 행동 하나하나에 괜히 조심하게 되거나,
듣고 싶지 않은 타인의 말들이 더 자세히 들리니까
찬바람이 정통으로 들어오는 아래층이 그리워졌다고나 할까.

있잖아, 때로는 고요함이 주는 불편함, 불안감이 있어.
산다는 것, 그러니까 우리가 지금 숨을 쉬는 건,
결코 고요할 수 없는 일이야.
이 치열한 삶 속에서 집중하고, 노력할 수 있는 건,
우리가 호락호락하지 않게 살아왔기 때문이라고.

나는 믿어 의심치 않아.
소란한 삶에 더 짙은 행복이 비칠 거라는 거,
그게 진정한 행복일 테고 참된 성취감일 거라고.
그러니 네 세상을 우울해 마.
네가 이상한 게 아니고, 그래도 괜찮아.

열심히 달려왔으니까
잠시 쉬는 것도 불안한 거지.
다시금 잘되지 않는 것 같을 때
가끔 놓을 수 있는 용기도
네가 더 잘 해내기 위한
과정이 될 거야.

**걱정하지 마,
조금 머물러도 돼.**

# 간절한 마음이 들 때면

예전엔 전부 다 잘될 거라는
긍정적인 혼잣말을 반복하며
순조롭게 모든 것이 해결되길 바랐지만

몇 번의 실패와
뜻대로 되지 않는 일들을 겪고 나니

섣불리 기대하거나 지레 성공을 확신한 뒤에 오는
아쉬움의 후폭풍은
몇 배로 거대해진다는 것을 알았습니다.

무언가를 해내고 싶고, 이루고 싶은 마음이 들 때는
매 순간 그것에 신경을 곤두세우며
사소한 변화에 예민하게 반응하기보다는

한 걸음 뒤로 물러서서
되어가는 일의 추이를 지켜보는 것이
나중을 위한 현명한 대처일 수 있습니다.

결국 바라던 대로 되지 않았을 때,
예상보다 더 좋지 않은 방향으로 흘러갔을 때마저도

마음에 금 가는 일은 없도록,
훌훌 털어버리고, 다시금 차분하게 일어설 수 있도록 말이죠.

사람이기에 기대하지 않는 일이 그리 쉬운 건 아닙니다.
그러나 근거 없이 희망에 차는 자세를 버린다면
원했던 일이 실패로 돌아갔다고 해서
맥없이 무너질 이유도 없습니다.

## 남에게 강요하지 말아요

자신의 판단 기준은
본인의 기준으로만 두세요.

그걸 기준으로 판단하니까
쓸데없는 기대를 하게 되는 거죠.

남에게 내 생각을
강요하지 말아요.

## 기대로 인한 실망을 줄이는 법

오늘도 같은 시간에 나와서
집 근처 같은 정류장, 같은 버스를 탔다.

인적이 드문 골목 안의 정류장이었지만,
특이하게도 타야 할 버스는 항상 만석이어서
거의 매일 서서 출근해야 했다.

그럴 때면,
'조금만 빨리 나올걸' 하는 게으름에 대한 뉘우침과 함께
여유만만하게 준비했던 아침의 나를 탓했다.

그러다 문득 '이 앞차를 타면 좀 낫겠지'라는 생각이 들었고,
다음 날은 앞차를 타기 위해서 15분을 서둘렀다.

결과는?
똑같았다.

어제와 별다를 것 없이 아슬아슬하게 앉지 못했고,
출근길 버스는 여전히 사람으로 붐볐다.
괜한 오기가 생겨, 이번에는 한 정거장을
거슬러 올라가야겠다는 묘책을 떠올렸다.

다음 날 나는 30분이나 일찍 집을 나섰고,
10분을 걸어서 전 정류장까지 걸었다.

다행히 전 정류장에 도착했을 때,
그곳에는 사람이 한 명도 없었다.
'드디어 앉아갈 수 있겠다.'

버스가 도착하고, 아직 탑승하기 전이었는데,
자연스레 시선은 버스 뒤꽁무니로 향했다.
이번에는?
또다시 만석.

내심 실망했다.
동시에 현실적으로 판단해보았다.

20분 정도 버스를 타는 출근길을 앉아 가기 위해
40분씩 일찍 눈떠 준비하는 일은
필요한 노력이 아닌, 불필요한 욕심이었다.

차라리 그 시간에 아침잠을 보충하거나,
거를 뻔했던 아침 식사를 챙겨 먹는 게
나의 하루에, 나에게 더욱 이로운 일이었다.

그때부터는 큰 기대 없이, 버스를 기다렸다.
만석이면 만석인 대로 서서 출근하고,
가끔 운 좋게 자리가 나면
'오늘은 아침부터 운이 좋네.'라는 긍정적인 마음으로
기분 좋게 하루를 시작할 수 있었다.

기대가 있는 한,
실망이 뒤따르지 않을 수는 없다.

그러나 눈앞의 상황에 비해
기대하고 바라는 마음만 커진다면
그로 인한 상실감과 무력감은 더욱 배가될 수밖에 없다.

그럴 땐 기대의 기준을 낮추고,
내 눈앞의 현실을 제대로 바라보고 움직이면 된다.

내가 좀 더 괜찮을 수 있는 방향으로
내가 좀 더 의연할 수 있는 선택으로
내가 조금 내려놓아도, 불편하지 않을 정도로만 말이다.

● ◖ ☾

현실을 어느 정도 받아들이고,
기대치를 조율하는 일은
기대가 기대다울 수 있는 최선의 조치이다.

# 섬세하지만 단단한 마음으로

오늘의 나는 왜 행복했는지,
왜 피곤했는지, 왜 예민했는지,
왜 우울했는지, 왜 화가 났는지,

혹시 단 1분이라도 생각해본 적 있는지.

섬세하고, 단단한 마음을 가진 사람의 특징은
자신의 상태를 잘 알고 있다는 것이다.

기분 따라 행동하는 일의 결과가
결코 좋을 수는 없었던 것처럼,

움직이기 이전에
자신의 감정을 먼저 살펴봤으면 한다.

자신의 감정을
자세히 살필 수 있게 된다면

사려 깊게 타인을
대할 수 있을 뿐만 아니라,

희미했던 자존감까지도
단단히 지켜낼 수 있을 테니까.

# PART 3.

# 마음 다치는 관계에
# 너그러워지지 않기를

# 적당한 거리를
# 찾는 연습

● ◖ ☾

산뜻하지만
가볍지만은 않은 사이로,

필요할 때만 찾게 되는 사람이 아닌
필요치 않아도 생각나는 사람이 되는 일.

# 우리 다시 만날 수 있을까?

그날도 어김없이 글을 쓰기 위해 카페로 나섰는데,
그곳에서 7년 만에 고등학교 동창을 만났다.

마감 기간이라 혼이 나간 사람처럼 끊임없이 생각하며
걷는데, 그때 그 친구의 해맑은 인사가 없었더라면
아마 여전히 스쳐 지나가는 사이이지 않았을까.

아메리카노가 나오기까지 3분,
3층까지 올라가는 시간 1분.

자기소개 하듯 짧게 근황을 얘기했지만,
각자의 자리로 돌아가는 순간까지도
둘 중 누구 하나 연락처를 묻지 않았다.

"아, 내가 핸드폰이 바뀌어서."
"아, 내가 실수로 연락처를 초기화해서."

이런 변명조차 없이
"또 보자.", "열심히 하고."라는 말이 전부였을 뿐.
그 이상도 이하도 아닌 거리감이었다.

오늘처럼 우연이 아니라면,
우리 다시 만날 수 있을까?
만약 다시 마주친다면,
그때는 연락처 정도는 물어보게 될까?

누군가를 알고,
판단 내리기까지의 시간이 점점 짧아진다.
나와 맞지 않는 다름에 얼굴 붉히는 일도,
경우의 수를 따지며 계산하는 과정도 줄고 있다.
그 덕분에 이전보단 상처받지 않아 좋은데,
여전히 다른 사람과 관계 맺는 일은 참 어렵다.

문득, 외롭다는 생각이 들었다.
쉽게 정리하고 잊히는 이 모든 관계가.

## 보고 싶어지는 사람이라면

내가 잘 살아왔다는 건
누군가가 찾게 되는 사람이 되어 있는 것.

거리를 스쳐 지나가는 수많은 생 가운데
우리는 또 이렇게 찰나의 마음을
나누고 사라지지만

그래도 끝내, 언젠가는 보고 싶어지는 사람,
다시 찾게 되는 사람이 되어 있기를.

● ◖ ☾

너무 가깝지도 멀지도 않은 사이.
그 언저리를 찾기 어렵다.

적당하고 싶은데
애매해져만 가는 관계.

# 편한 내 모습을 보일 수 있는 사람

"야, 너니까 내가 이럴 수 있는 거지,
누구한테 이러겠어."

"너 많이 달라진 거 알아?"

"그게 무슨 말이야?"

"음, 우리가 안 지 얼마 안 됐을 때 기억나?
그때는 내가 불편한가 싶어서,
네 눈치를 보면서 행동하는 일이 많았는데.
지금은 네가 먼저 장난을 치기도 하고,
가끔은 당황스러울 정도로 밝게 변한
네 모습이 신기해."

"네 말이 맞아.
근데 나는 원래 이런 사람이었던 것 같아.
지금껏 살면서 다른 사람을 만날 때는
그걸 몰랐는데,

어떻게 보면 네 덕분에
내가 이런 사람이라는 걸
알게 된 것 같아서.
나는 이런 내가, 요즘이, 진심으로 행복해."

따지고 보면 알게 된 지
얼마 되지도 않은 사람에게,

자신도 미처 몰랐던 편한 모습을
보일 수 있는 사람이 몇 명이나 될까.

누군가에게 나의 편한 모습을 보일 수 있다는 건,
결국 진심을 내비치는 것만큼이나
신뢰를 필요로 하는 일일지도 모르겠다.

사람에게 편한 마음을 가지게 되는 건
결코 시간 순이 아니다.

편한 마음이 든다는 건
그 사람을 오래 보았다고 가능한 게 아니라

짧은 시간 만났더라도
그만큼 진심으로 바라보고 있다는 것.
좋아한다는 말일 테니.

## 대단한 것이 아니어도 좋다

내 사람을 아끼는 마음이란
대단한 것이 아니어도 괜찮다.

어쩌면 묵묵히 지켜봐주는 것만으로도
충분한 위로가 되어주기에

크게 드러내지 않아도
뒤돌아봤을 때 "나 아직 여기 있어."라며
웃어줄 수 있고,

힘듦이 몰려오면 다가와 안아줄 수 있는
그 정도 마음이면 됐다.

'아름답다.'라고 느낄 때
당신이 내 옆에 있었으면 좋겠다.

그게 당신뿐이어도 좋고.

# 좋은 마음이었던 마음들

근래에 어떻게 지내냐는 말을 많이 들었는데,
그냥 지낸다고 답했다.

정말 아무 일도 없는데
꼭 무슨 일이 있어야만 할 것처럼
답하고 싶지 않아서,
정말 아무 일 없다고 말이다.

몇 없는 안부 인사에도
이렇게 재미없게 답할 수 있다니….

시간이 지날수록 과묵해지는 건지,
재치 없는 사람이 되어가는 건지.

이게 성숙해지는 과정이고,
나이를 먹으면서 관계가 좁아지는 중이라면,
몇 안 되는 친구까지 잃고서야 정신을 차릴 것이 분명했다.

하루는 친구 손에 이끌려
고깃집에 간 적이 있었는데,
가게 구석에서 이런 문구를 보았다.

"많이 먹는 것이 아까운 게 아니라,
버려지는 게 아까운 겁니다."

"마음껏 줄 수 있어, 버려지는 게 아까운 거야."라는
고깃집 주인장의 당부를 그 자리에서 수긍했다.

하루, 일주일, 한 달, 일 년이라는 흐름 속에서
수많은 사람을 스쳐 보내며,
이제 더는 만나지 못하게 되었을 때

내가 힘들고, 아쉬웠던 건
그들에게 준 마음 때문이 아니라
이젠 그들 없이
나에게만 남은 여운 같은 것 때문은 아니었을까.

그 여운이 버리지도, 삼키지도 못하는
잔여물처럼 느껴져서가 아닐까.

오늘도 보이지 않는 곳에서
예쁜 마음들이 버려진다.

그건 분명 누군가를
한없이 행복하게 해주고 싶었던 마음,
부족함 없이 잘해주고 싶었던 마음일 텐데 말이다.

# 나쁜 사람이 되고 싶지 않아서

그 누구보다 친했던 사이지만
더는 신경 쓰고 싶지 않은 사람을 놓지 못할 때

나를 가장 힘들게 하는 것은
나쁜 사람으로 각인되고 싶지 않다는 핑계이다.

이런 고민이 든다면
"믿고 거르라."는 말을 해주고 싶다.

단순히 성가신 관계를
단호히 정리하라는 것이 아니라,

'믿고 거른다'에서의 믿는 주체가
오롯이 내가 되어,

나의 관점에서 다시금 관계를 바라보라는 것이다.

나의 인생에서 관계란
결국 내가 발을 내디디고,
움직이며 펼치는 일이다.

타인의 경험과 왈가왈부가
나의 인생에 조언이 될지언정
확실한 방향이 될 수는 없다.

나는 나로 살아야 한다.

그것에 내가 점차 편해질 수 있을 때,
후회가 덜하다.

● ◖ ☾

# 적을 두지 않고 살아가는 게

꼭 좋은 것만은 아니더라.

# 내가 바꿔야 할 행동들

싸울 일을 만들어놓고
먼저 사과하지 않으며 자존심 세우는 것.

혹은, 비슷한 상황으로
자신이 사과하지 않아도 될 일에
우선 사과하는 것.

할까 말까 하는 자세로
목적마저 흐지부지하게 만드는 것.

서운함이 생기면 설명하지 않고
눈물과 침묵으로 대신하는 것.

움직이지 않으면서
현실을 탓하고, 주변을 비교하는 것.

이 행동들을 누군가에게 하면서
대수롭지 않게 생각하는 것.

● ◖ ☾

타인의 부족함에 관여했을 때
그들의 시선이 불편하게 돌아온다면

나 스스로에게 관대했기 때문.

## 참지 않아도 괜찮아요

시간이 지날수록 관계의 폭이 좁아지는 건

내 사람과 아닌 사람을
구분할 수 있게 되었기 때문입니다.

삶에서 '무엇' 때문에 행복한가 만큼
'누구'와 행복한지도 중요해진 거죠.

더는 속앓이하지 않았으면 좋겠습니다.

한두 번이어야지,
이해하는 게 아니라
그냥 참고 있는 것, 아닌가요?

같은 상황이 반복되고,
실망이 거듭된다는 건

관계를 접을 수 있는 이유로
충분한 거니까요.

# 관계에 신물이 난다

그게 아니면 필요 이상의 감정을
쓰고 싶지 않아졌나 보다.

어떻게 지내는지 더는 궁금하지 않고
보고 싶지 않으며

이전처럼 지내고 싶지 않은
사람이 많아졌다.

어쩌면 정리로 인해
더 공허해질지도 모르겠지만

이제는 온전히 나를 위해 살고 싶다.

## 말을 함부로 하는 사람들

며칠 전의 이야기이다.
들으려고 했던 것도 아닌데, 듣고 싶지 않았던 문장들이
옆자리 너머에서 들려왔다.

"야, 내가 말 안 해줬었나?"
"걔네 아빠 자살로 돌아가신 거래.
내가 이런 말까지 안 하려고 했는데,
가끔 걔가 우울해하면 내가 다 불안해진다니까?"

잘못 들었나 싶어 통화 소리가
들리는 쪽을 쳐다보았을 때,
놀랍게도 그 말을 내뱉은 이는 웃고 있었다.

"내가 말 안 해줬었나?"라는 말로 시작된
당사자가 모르는 당사자의 이야기들.

한 사람의 이루 다 말로 할 수 없었을 힘겨운 순간들과
수없이 흘렸을 슬픔의 눈물은 그렇게,
통화 속 소름 끼치는 우스갯소리에 가려졌고.

혹여나 나에게도 생길 수 있는 어떠한 비극이,
누군가에겐 뒷이야깃거리에
그칠 수 있다는 게.
참 씁쓸했다.

# 무시가 필요한 순간

세상에는 참 이상한 사람들이 많아요.

그렇다고 하더라도
일일이 충고하거나, 그들을 바꾸려고 하지 말아요.
그건 더더욱 불가능한 일이니까요.

"무심코 던진 돌에 개구리가 맞아 죽는다."라는
속담의 개구리가 될 필요는 없는 거예요.

스쳐 들은 이야기에도 온 신경을 곤두세우며
이해할 수 없는 사람을 이해하려는 일이
오히려 쓸데없는 소모이자, 낭비일 테니까.

나를 휘두르는 사람이, 내가 되지 않도록.
무엇보다도 힘듦이 즐비하지 않기를 바라요.

● ◖ ☾

가뜩이나 피곤한 인생에, 참 너무하다 싶을 정도로
상종하고 싶지 않은 이들은 많지만

그중에서도 가장 비열하고,
기피하고 싶어지는 사람은

정작 본인 손에 피 묻히는 것은 싫어하면서

남들 사이에서

이간질하는 사람이다.

# 이렇게 생각하기로

예전에는 관계에 회의감이 들면
그 후유증 때문에 몇 날 며칠을 앓았지만,
이제는 이렇게 생각하는 게 편해졌어.

나는 이제야 사람을 거른 거고,
당신은 나 같은 사람을 잃은 거라고.

조금은 찝찝한 이 불편함도
곧 아무렇지 않게 괜찮아질 테고,

지금 이 관계의 끝이
더 나은 사람에게 가닿게 해줄 거라고.

우리는, 그냥 아니었던 거라고.

# 예감은 언제나 틀리지 않는다

'나만 그런 건가.' 하는 생각까지 들었다면

이미 나는 몇 번이고
그 일을 되짚어봤다는 거잖아요.

아마도 당신의 착각이 아닐 거예요.
뭔가 이상한 예감이 들었다면,

그 결과는
대부분 틀리지 않으니까요.

'저 사람은 그렇게 살아온 사람이니까.'라는 말로
받아들이고, 넘겨야 할 순간들이 너무나 많다.

누군가에겐
나 또한 그런 사람이겠지만.

# 남 일에 적당한 거리를 두어야 하는 때

"나, 다시는 얘랑 안 만날 거야.
예전부터 마음에 안 들었는데,
이제 받아주는 것도 지긋지긋해."

또다시 시작이구나 싶었다.
이렇게 말하고는 3일 뒤에
다시 화해하고 나타나겠지.

때때로 가까운 누군가가
자신의 주변 사람들에 대해
서운함과 고민을 토로해올 때가 있다.

예전에는 맞장구를 치며
같이 화도 내고 안타까워했지만,

아무렇지 않게 그들은 화해를 하고
나만 타인에 대해 나쁜 말을 하는 사람으로
남게 된 경험이 너무도 많았다.

이제는 다르게 행동한다.
내 사람의 말을 잘 들어주되,
더 이상 깊게 개입하지 않는다.

그 관계에서 나는 절대적으로 제3자의 입장이며,
그 사이를 결정짓는 것 또한 그들의 몫이기 때문이다.

아무리 가까운 사이일지라도,
나와 직접적으로 연관된 일이 아니라면
적당한 거리를 두는 게 맞다.

내 사람도, 그의 사람도, 나는 아니기 때문에.

# 정확히 말하자면

배려가 나쁘다는 게 아니에요.

누군가를 위하는 마음 때문에
자신이 다치는 것엔 무심하니까
그게 바보 같다는 거지.

내가 다치는 일에 너그러워지지는 말아요.

● ◖ ☾

참, 피곤한 세상이죠.

말을 해야만 알아차릴 수 있는
그런 관계 속에서

나는 무언중에도
상대가 알아주길 바라는
이기심을 품고 있으니까.

# 그냥 스쳐 지나가 주세요

한창 원고 작업에 집중하는 시기에,
마땅히 생활비를 충당할 방법이 없어서
편의점 아르바이트를 했던 적이 있었다.

그 당시 대학원에서 석사 과정을 준비하는 지인이 있었는데,
나에게 이런 말을 건넸다.

"너는 언제까지 그러고 살려고?"

적어도 내가 하는 일에 있어서
단 한 번도 부끄럽다는 생각을
해본 적이 없었지만,

열심히 고민하고, 행동으로 옮긴 결과가
그 사람에게는 한심한 행동으로
보이는 것 같아서
무척이나 서러웠다.

'내가 많이 늦었구나,
내 상황이 부끄러운 게 맞는구나.'라는
생각을 떨칠 수가 없었고,
나도 모르게 주눅이 들었다.

그렇게 집으로 돌아가는 길에 다시 생각해봤다.

'내가 지금 못할 짓을 하고 있는 건가?'
'나는 그저 살기 위해서,
내가 하고 싶은 것을 하기 위해서
열심히 일하는 것 뿐인데?'

결론을 내렸다.

잠깐의 편의점 아르바이트가 잘못된 것도,
또 그 일을 전업으로 삼고 살아가는 누군가도
잘못된 것이 아니라고.

내가 석사 과정을 밟아보지 않았기 때문에
반대로 그의 상황에 대해서
깊게 이해할 수 없었던 것처럼

그 사람 또한 나의 상황을 함부로 판단할 수 없다.

특히나 말로 인해서
절대 실수하지 않는 방법은
자신의 상황이나 생각만을 기준 삼아
상대방을 판단하고 치부하지 않는 것이 아닐까.

내가 판단하기에 사소해 보일 법한 것도
타인에게는 최선의 선택일 수 있다.

그 일이, 그가 살아가는 이유일 수도 있기 때문이다.

# 말 한마디가 보여주는 것들

한마디를 하더라도
신중해야 하는 이유는

말은 그 사람 자체를
있는 그대로 보여주기 때문이다.

상대의 말 그 자체에
실망하게 되는 것도 맞지만,

그런 말을 할 수 있었던 그 사람의 관념에
더 실망하게 되기 마련이니까.

너무 많은 걸 바라는 것 같다고
느껴지는 사람은

나 이외의 다른 사람에게도
과분한 것을 요구할 사람이다.

나는 내가 불편하지 않을 만큼만
선을 긋고
그만큼만 행동하면 되는 것이다.

## 많은 사람에게
## 하소연하는 사람

자주 타깃을 바꿔가며
하소연하는 사람은

이미 자신의 생각만으로
미리 남을 판단해버리거나,

자신이 원하는 답을 듣기 위한
그런 관계만을 유지하는 것 같다.

그 사람은
누군가에게 고민을 털어놓고 싶어서가 아니라,
그저 본인이 옳다고 해주길 바라는 것이다.

주변인은 그런 태도에 지쳐만 가는데,
당사자는 무엇이 문제인지를
전혀 모른다는 것이 문제이다.

혹시 주변인들에게 필요 이상으로
하소연을 늘어놓지는 않았는지,
한번 돌아봤으면 한다.

# 서운하다면
# 서운한 거예요

이 사람이
나에게 얼마나 무심한지 알 수 있는 말.

"왜 이렇게 아무것도 아닌 일에 서운해해."

오랜 시간 함께하다 보면
갈등이 빚어질 수 있고
당연히 서운한 마음을 토로할 수 있다.

다만 그 관계가 어떤 관계이냐에 따라서
속상한 사람은
마음을 표출하기도 하고,

감정을 꾹꾹 누르다가 끝끝내 혼자 삭이기도 한다.

만약 누군가가 서운하다고 말한다면,
그건 참고 참다가
결국 그렇게까지 말하게 된 '마음'을
알아줬으면 하는 것이다.

계속 끙끙 말 못 하며
속앓이로 끝내고 싶다는 게 아니라,
풀고 싶고 해결하고 싶다는 말이다.

상대가 서운해한다면 그 원인은 내게 있다.

타인의 감정을
아무것도 아닌 일로 치부할 때가 아니라,
귀 기울여 잘 들어야 할 시간이다.

내가 사람에 지치는 건

잘 알지도 못하면서
쉽게 생각하고
별일 아닌 것으로 치부하기 때문이야.

# 잘 맞는 사이

우리는 누군가와의 새로운 만남을 통해서,
서로가 자신이 그릴 수 있는 최대의 원을 그립니다.

그렇게 각자의 원과 원으로 겹치는 부분이 생기고
둘 사이에 생기는 접점들로 상대를 알아갑니다.

이 접점들로 상대와 다른 나머지 부분을
충분히 이해하고 포용할 수 있을 때

우리는 꽤나 잘 맞는다고 이야기합니다.

## 오래 알고 지낼 사람일수록

당신의 곁에 있는 누군가와
오랜 시간 알고 지내왔고
앞으로도 함께하고 싶다면

그 사람의 마음이 단단할 거라는
착각은 버려야만 합니다.

'여긴 언제 멍이 든 거지?'라고
뒤늦게 발견한 상처 자국처럼

내가 미처 인지하지 못한 사이에도
상대는 다치고, 관계가 병들 수 있는 거니까요.

‘사려 깊게 상대의 마음을 살피는 자세.’

그건 그를 앞으로도 오래 볼 수 있게 하는
서로에게 필요한 최소한의 예의일 겁니다.

● ◖ ☾

당신을 기다려줄 수 있는 사람이라는 건,
단지 참을성이 좋은 게 아니라

나를 그만큼이나 존중해주고
지켜봐줄 수 있는 사람이라는 것입니다.

PART 4.

# 사랑은 떠나도 나는 남으니까

# 아픈 마음에
# 멈춰 서지 않기로 했다

누군가를 사랑하고 있다는 건
문득 보이는 행복해하는 모습마저도
그 사람을 오래 보고 싶은 이유가 되는 것

괜히, 사소한 것까지 소중해지는 것.

# 얼마나 마음 쓰고 있는지

느지막이 집으로 돌아가던 날.

버스에서 바로 옆에 앉은 사람이
메시지 창에 무언가를 적어놓고,
오래도록 고민하는 모습을 우연히 보게 되었다.

'네가 내 곁에 있어줘서,
얼마나 다행인지 몰라.'

별거 아니라면, 별거 아닐 수 있고
큰 의미라면, 큰 의미일 수 있는
짧은 한 문장이었지만,
그날, 나는 분명히 느낄 수 있었다.

그 짧은 한 문장을 적고,
상대에게 보내기까지

수십 번 썼다 지우기를 고민하며,
더 예쁜 말을 건네기 위해서 애썼던
그의 진심을.

사랑을 느낄 수 있는 부분은
바로 그런 것이 아닐까.

비록 상대에겐 보이지 않았을지 몰라도,
그런 진심이 모여 만들어낸
따듯한 한마디처럼

굳이 요구하거나, 요구되지 않아도,
자연스레 닿을 수 있는
마음 씀씀이 같은 것이라고.

# 꽃 필 무렵이면 드는 생각

이맘때 비가 내리면
오랜 기다림이 무색해지지는 않을까
꽃잎이 떨어질 걱정을 합니다.

그래서인지 걱정된다는 말을 좋아해요.
그만큼 소중하고
떠나지 않았으면 하는 애틋한 마음이니까.

나에게 말을 예쁘게 해준다는 건,
그렇게 말하기까지
오랜 시간을 고민하고
또 생각했다는 것과도 같습니다.

분명한 사랑이지요.

# 함께하고 싶은 사람

우연히 틀어놓았던 티비에서
예전 예능 프로그램이 재방송되고 있었다.

그중 눈길을 끌었던 건,
투숙객이 이효리에게
남편의 어떤 모습이 좋았냐고 묻는 장면.

그녀는 자신이 감정 기복이 심한 편이라
주변인을 힘들게 하는 경우가 많았는데,
남편은 본인의 기분이 좋을 때나, 나쁠 때나
한결같이 자신을 대해주고, 곁에 있어줬다고 했다.

불안감에 마음이 흔들릴 때
가장 필요한 것은 믿음을 주는 사람이다.

상대에게 늘 한결같음을 바라는 것은
욕심일 수 있지만,
조금씩 사람을 믿게 되는 일은
아주 작은 행동에서부터 시작하는 게 아닐까.

내가 어떠한 상태이더라도
기복 없이 나를 마주하는 사람이라면
더없이 놓치지 말아야 할 인연일지도 모른다.

● ◖ ☾

대화가 중요한 이유는 별거 없다.

'이렇게까지 생각하는 줄 몰랐는데.'
'이런 생각을 할 줄은 몰랐는데.'
하는 마음을 느끼기 위해서이다.

혼자가 아니라,
같이 느끼기 위해.

# 너의 사랑은

너는 그런 사랑이길 바라.

그 사람에게
잘해주고 싶은 마음만 드는 게 아니라,

그 사람에게
잘해주고 싶은 마음만으로도
괜스레 행복해질 수 있는 사랑 말이야.

마음만이 아니라, 마음만으로도.

# 지나간 것은 지나간 대로

늦은 새벽, 자려던 찰나에
메시지 한 통을 받았다.

"안녕하세요. 작가님. 오늘은 제 생일이에요.
결혼한 지 1년도 되지 않아,
성격 차이로 이혼을 했어요.

앞으로는 이혼녀라는 꼬리표가 따라다니고,
주변 사람들이 좋지 않은 시선으로 볼까 봐,
아직 가족 외에는 주변 사람들
아무에게도 알리지 못했어요.

결혼하고 처음 맞이하는 생일을
제 반려자와 보내고 싶었는데,
이번 생일은 정말 우울 그 자체네요.

어디에도 푸념할 곳이 없어,
그냥 용기 내어 글 남깁니다.
좋은 밤 되세요."

그녀의 공허함을 함부로 헤아릴 수는 없었지만,
꼭 한 가지 당부해주고 싶은 말이 있었다.

'부디, 자신의 존재를
결점이라 생각하지 말아달라는 것.'

살다 보면,
우리는 무수한 상처와 실망과 맞닥뜨린다.

그래서인지,
보통 그런 트라우마가 생겼을 때
잘못된 결과가 본인을 판단하는 잣대가 될까 봐
걱정하면서, 타인을 경계하는 이들도 많다.

이럴 땐 자신이 만들어놓은 잘못된 프레임을
우선 거둘 수 있어야 한다.

내가 겪은 아픔으로 생긴 프레임이
나의 자격지심을 증폭시키지 않도록,

타인의 시선에 대한 걱정은 잠시 내려놓고
나에게 좀 더 의연할 수 있는 자세를 가져야 한다.

나를 보는 시선을 신경 쓰기보단,
내가 보는 시선에 초점을 맞추며.

기죽지 않고,
꿋꿋한 자세로,
나답게.

내게 생긴 흉터의 유무와 상관없이
결국 삶은 삶대로 흐른다.

지금은 삶이 어지러울 만큼 힘들어도,
나는 또다시 살아가야만 하기 때문이다.

겁먹지 말자.

이미 엎질러진 일이고
그걸 돌이킬 수 없음을 알고 있다면

흔들릴지, 휘둘릴지는
나에게 달린 것이다.

# 그때는
# 진심이었으니

그냥, 그런 거죠.

내가 좋아했기 때문에
좋게 볼 수 있었고,
내가 깊게 생각했기 때문에
마음 쓸 수 있었던 것들.

그때의 나였으니
사랑하게 되어버렸던 거예요.
애써 좋았던 기억까지
미워할 건 없잖아요.

좋았던 내 감정에 충실하고,
집중했던 것.
그게 잘못은 아니니까요.

# 결단을 내려야 할 때

갈라설 땐 갈라서고
아닌 건 아닌 거예요.

흰옷과 검은 옷을
같이 빨래하지 않는 것처럼.

## 거리만큼의 불안

꽤나 먼 거리의 인연과 만난 적이 있었다.
그냥 연애도 쉽지 않은데,
장거리 연애는 오죽했을까.

장거리의 기준은 개인마다 다르지만,
한 가지 확실한 것이 있다면
각자의 거리감만큼 불안이 가중된다는 것이다.

이해시키려 했던 말이 오해가 되고,
걱정하는 마음은 집착이 되며,
깜빡하고 잠들어버린 실수도
의심의 씨앗이 된다.

몸이 멀어지면 마음도 멀어진다는 말을
부정하고 싶진 않다.

그러나 그러한 위험을 조금이라도 피하기 위해서는
지속적인 표현과 존중이 무엇보다 중요하다.

때때로 물어보지 않아도 나의 상황을 설명하거나,
그 사람만의 시간을 이해하는 것,
뜬금없더라도 나의 감정을 상대에게 전하거나,
뜻밖의 손편지를 보내는 정도도 나쁘진 않겠다.

자주 볼 수 있다면
어려움 없이 상대의 마음을 느낄 수 있지만,
만남이 뜸하고 표현도 부족하다면
사랑의 감정이 오래가기는 어렵다는 걸
기억해야 한다.

만약 거리가 멀다는 어려움이 존재함에도
자신의 감정에 확신이 있고,
그 확신의 상대가 지금의 내 사람이라면

이보다 더 좋은 사랑이 어디 있을까.

걱정해줄 수 있고
걱정할 만한 사이라는 건
걱정 없이 좋아하고 싶다는 것.

# 놓치고 싶지 않은 사람

핑계예요,

마음이 있다면
어떻게 해서든 잘 보이고 싶은 게,
사람 마음인 건데.

해보지도 않았으면서 앞뒤를 계산하니까,
생각의 굴레에서 못 벗어나는 거죠.

그 사람을
놓치고 싶지 않다면

더는 후회할까 봐 걱정하지 말고,
지금은 용기를 내서 움직일 때예요.

# 내 사람이 자주 토라진다면

겉으로는 감추고 싶은 척하지만
사실은 내색하고 싶은 거예요.

알 필요 없다고 묵언하는 게 아니라,
서운한 이유를 눈치채줬으면 하는 거고.

당신을 좋아하는 만큼 질투 나고,
그렇게 혼자 쌓아둘수록 말 못하는 것들이 늘어나서
섭섭해하며 투정 부리게 되는 거라고요.

내 사람이 자주 토라진다면
진심을 표현해주세요.

서로가 불안하지 않도록
지금의 마음에 확신이 깨지지 않도록

사랑하는 사람과 더 사랑할 수 있는
지금의 행복을 누리자고요.

당신으로부터 정말 멀어지고 싶었다면
지금과 달리 소리 없이 떠났을 테니까.

곁에 있을 때 잘해주세요.

# 사랑이 어려운 이유

그렇게 지칠 정도로 사람에게 데었지만
다시금 믿어볼까 하는 마음이 생기고

덤덤히 잘 살아가다가도
문득 옛 추억에 빠져들곤 하니까

내가 사랑을 어려워하는 건
사랑하고 싶어서 같아요.

지겹도록 울었고, 흠뻑 앓았지만

그럼에도 불구하고
다시 사랑하고 싶으니까요.
설레고 싶으니까.

숨김과 회피가 존재하는 일에
진심을 운운하기는 어려운 법.

# 그 사람,
# 이제는 놓아요

당신에게 막 대하고,
심하게 말하는 걸 보니
솔직히 이제는 좀 화가 나요.

그 사람은 뭐가 그렇게 잘났고,
떳떳하기에 오히려 적반하장으로
당신에게 행동하는 건지.

이제는 당신도 그 사람 이해할 수 없잖아요.

있잖아요.
그 사람을 만나보진 않았지만,
그에게 당신은 과분한 사람이에요.

더는, 당신이 그 사람을
만날 이유가 없다고요.

당신과 만나면서도
그는 타인에게 집중하기 바쁘잖아요.

그의 언행에서 당신을 소중히 여기지 않는 게
뻔히 보이는데,
무얼 잃기 무서워 그리 망설이고 있나요.

당신이 걱정하는 이별의 후폭풍은
어쩌면 헤어졌기에 남을 수밖에 없는
잠깐의 아픔들일지도 몰라요.

내 마음을 주었던 사람이고,
사랑하는 사람이었다는 거 다 알겠는데,

미련과 추억으로
자신을 병들게 하지 말라고요.

행복하고 싶다면서요.
이제는 놓아요, 제발.

# 감정으로 장난치는 사람들

차라리 당신을 대놓고 멀리하거나
싫다는 내색을 하는 편이 더 나아요.

'나 갖긴 싫고, 남 주긴 아깝고.'

당신의 상처까지 감수하면서
그런 감정에 놀아나진 말자고요.

비록 지금은 미약하게나마
그를 이해하고 싶어서, 홀로 애쓰겠지만

설령 이루어진다 해도
본인이 힘들 거라는 거 잘 알잖아요.

사랑을 하자고요.
을이 되자는 게 아니라.

● ◖ ☾

늘 평온한 사랑 같은 건 없어.

불행하다면 곧 더욱 불안해질 테고,
행복하다면 이 순간이 행여 사라지진 않을까
불안할 테니까.

상황은 중요치 않아.
결국 내가 어떻게 대처하느냐의 문제이니까.

그러니 너를 좀 믿어.<br>어떠한 상황을 마주하더라도,<br>네가 덜 흔들릴 수 있게.

# 일과 사랑,
그 사이

주변에 보면
일과 사랑 중에 무엇이 우선인지를 두고,
논쟁을 벌이는 연인이나 지인이 가끔씩 눈에 띕니다.

그것에 대해서, 저는 이렇게 말하고 싶습니다.

만약 당신에게 누군가가
"일과 사랑 중에 뭐가 먼저야?"라고 묻는다면
한쪽으로 치우친 답은 피하는 게 좋다고.

그 이유는 당연히,
일이든 사랑이든 살아가는 내내
1순위로 중요할 수는 없기 때문입니다.

상황에 따라, 어느 순간의 판단에 따라
일이 더욱 중요해지기도 하고,
사랑이 절대적으로 중요하게 여겨지기도 하죠.

다만, 일과 사랑 사이에서
고민하고 답하는 사람을 보며
자연스레 느낄 수 있는 것은

마주한 상황에 따라서
무엇에 더 집중하는 사람인가를 알고,

답변하는 방식에 따라서
얼마나 상대를 존중하는 사람인지를 알며,

그 사람에 대한 내 신뢰와 믿음의 정도를
알 수 있다는 것입니다.

일과 사랑 중에 중요치 않은 것은 없습니다.
상대방이 서운함을 느끼지 않도록,
그것들에 어떻게 대처하느냐의 몫이죠.

**첫째,**

**많은 사진을 남기는 것.**

꼭 둘이 나온 사진은 아니더라도,

함께 나눈 모든 순간을 소중히 남겨놓자.

시간이 지나 뜨거운 마음이

사그라드는 때가 오더라도,

함께 나눈 추억의 징표들은

다시금 마음을 타오르게 하기에

충분한 이유가 될 테니까.

**둘째,**

**함께한 일들을 메모할 것.**

당장 어제의 일을 기억하기도

쉽지 않은 요즘.

사랑한다면,

사랑하는 만큼 오래 기억하고

자주 떠올릴 필요가 있다.

**셋째,**

**'이해하겠지.' 라는 생각을 없앨 것.**

상대가 당연히 이해해줄 거라는 생각은

접어두는 게 좋다.

상대에게 잘못한 일이 있을 때는

어설픈 핑계보단

확실한 설명과 이유를 대는 편이 더 낫다.

**넷째,**

**가끔은 진지하게 대화하기.**

함께 시간을 보내다 보면,
막상 진지하게 대화할 수 있는 시간이
많지 않아서 기회 또한 놓치는 경우가 많다.

유쾌하고 장난스러운 농담도 좋지만,
가끔은 진지한 대화로 서운함과 부족함을 푸는 것이
더 큰 갈등을 막을 수 있다.

**다섯째,**

**서로가 할 수 있는 버킷리스트 짜보기.**

늘 식상했던 일상에
함께 꿈꾸는 목표나 목적이 생긴다면,
신선한 활기를 불러일으킬 수 있다.

생각해보라.
내가 원하는 미래에, 사랑하는 사람도 함께라면
얼마나 행복한 일일지.

● ◖ ☾

꼭 연인 간의 사랑이 아니어도,
친구나 가족이라는 이유로
생략해버리게 되는 말들이 있다.

고맙다는 마음과 잘했다는 응원은
사소하지만 결코 사소하지 않다.

반드시 들어야 할 말은 아니지만,
당연히 들으면 더 힘날 수 있는 말.

지금 내 앞의 아끼는 사람을
더 따뜻하게 안아줄 수 있는
분명한 표현이다.

# 그라서
# 더 좋아지는 것들

몇 계절 전쯤에 배우 박보검을 모델로 제작한
짧은 광고를 봤을 때의 일이다.
광고와 함께 흘러나온 노래는
그가 직접 부른 것이었는데,

엄마는 광고가 나올 때마다
단 한 번도 빠짐없이 그 노래를 흥얼거렸다.
마치, 자동 반사처럼.

"엄마, 저거 누가 부른 노래지 알아?"
"알지, 박보검이잖아.
우리 보검이가 불러서 그런가, 노래가 너무 좋더라."

‘그렇지, 박보검이니까.’이라는 빠른 납득과 함께
그는 존재만으로
엄마를 저리 해맑게 만들 수도 있구나 싶었다.

존재만으로도 좋은 감정의 분위기를
자아내게 하는 사람.
시선과 마음이 머무르고 싶어지는 사람.

관계로 인한 실망과 회의를 자주 느끼게 되면서,
나도 어쩌면 모두에게 사랑받는 사람이 되기보단
좋은 분위기를 내는 사람이
되고 싶었던 것 같다.

‘나’라는 존재 자체만으로도
타인에게 은근한 행복감을 줄 수 있는
사람이 되는 것.

어떤 이가
나를 그런 사람으로 떠올렸을 때,
나 또한 그 사람을 존재만으로 행복한 사람이라
떠올리게 되는 순간을 기대하면서.

'좋아하니까.'라는 수식에
꽤나 관대해져도 좋지 않을까.

그래서 좋은 감정인 것이고,
좋은 것이 더 좋아지는 이유이니까.

● ◖ ☾

그런 사랑이야.

비밀리에 털어놓은 공간이
우리의 아지트가 되고

점심에 시작한 요리가
저녁식사가 되어버릴지라도

사진 속 행복해하는 네 모습은
여전히 내 삶의 배경이 되는 거.

좋아해.

## 고백을 하게 된다면

너와 가야 할 곳은 바다야.
깊지 않을 거라 넘겨짚기엔 조심스러웠고,
얕을 거라 모르는 척하기엔 꽤나 짙은 마음이었으니까.

내 계산이 틀리지 않는다면,
아마 도착했을 땐 해 질 녘 즈음일 거야.
그러니까 내 말은,
나는 이 풍경을 너에게 보여주고 싶었고,
적어도 오늘 일을 몇 번이고 그려봤다는 뜻이야.

벌써 떠올리는 것만으로도 떨린다.
노을을 배경으로 많은 얘기가 오가고,
우리 사이에 수줍은 정적이 흐르면
그때는 손을 잡을지도 몰라.

말없이, 그렇게 걷고 싶을 것 같으니까.
아무렇지 않지는 않겠지만,
아무렇지 않은 척 할 거 같아.
설레고 있다는 거 맞닿은 손으로 다 티 날 텐데,
아마 그때 너는 모르겠지.

지금 드는 생각인데,
어쩌면 타이밍이 그때일 수도 있겠다.
그래도 선뜻 말하진 못할 거야.

그건 내가 용기가 없어서가 아니라,
그 순간을 오롯이 느끼고 싶어서.
가벼워 보이고 싶지 않아서인
마음이 더 클 테니까.

그건 네가 나를 한 번만 믿어줬으면 좋겠다고,
나를 만나줬으면 좋겠다고 하는
뻔한 고백일 거야.

허투루 하는 말이 아니라
정말 잘해줄 자신이 있다고,
힘들지 않게 해주겠다는 건 아니더라도
자주 웃게 해주고 싶다는 뻔한 진심일 거야.

그래서 너를 바다로 데려갈 거야.
여전히 서툰 나의 고백이 고백다울 수 있고,
진심이 진심으로 투영될 그곳에서.

아마도 해가 질 땐
우린 서로의 바다가 될 거야.

# 언젠가 만나게 될

안녕, 잘 지냈어요?

나는 잘 못 지냈어요.
근황이요? 음, 글쎄요.
최근에는 떠나간 인연과 함께 지나쳤던 길을
홀로 걸어 되돌아왔었어요.

요일의 개념은 사라졌고,
밤이 되면 아직도 마지못해
억지로 잠에 들어요.

오늘처럼 예고도 없이 쏟아지는 비를 마주하듯,
세상은 여전히 알 수 없고,
힘든 사람들로 가득한 것 같고요.

꼭 해줄 말이 있어요.
있잖아요, 지금이라도 당신이
사람을 먼저 봤으면 좋겠어요.

하고 싶은 거, 끌리는 것에
혹하는 일이 우선이었다면,

그거 다 소용없는 일이라는 거
알았으면 좋겠어요.

당신이 어느 영역에 존재하든,
그곳에서 버티게 하는 힘은
결국 사람이에요.

당신이 어떠한 사람과 공존하고, 섞이느냐,
그게 곧 행복을 좌우한다고요.

좋은 사람 곁에는
좋은 사람들로 가득하대요.

당신의 주변이 당신처럼 좋은 사람으로
잔뜩 채워질 이유예요.

그리고 당신이 사랑을 했으면 좋겠어요.
그러니까 지금 만날 수 있는 사람과
지금 느낄 수 있는 감정으로
좀 솔직해져 보자는 말이에요.

아픈 사랑 지레짐작하지 말고,
자존심 세우며 재지 말고,
막막함에 져버리지도 말자고요.

같이 듣고 싶은 노래가 아직 많잖아요.

마지막으로 당신이 끝없이 여행을 꿈꾸길 바라요.
내가 여전히 제주도를 사랑하고,
그 잔향에 취해 사는 것처럼

당신도 어딘가를 깊숙이 담고,
상상하고 있었으면 좋겠어요.

이 버티는 삶에서
잔잔히 표류할 수 있도록,
흘러갈 수 있도록.

밖은 아직 비가 많이 내려요.
흘려보낼 수 있는 게 많아요.

한번 신뢰를 잃고 나니
방향을 잃고,
나를 잃는 순간이 오더라.

함부로 넘겨짚은 걱정들과
불안에 단정지었던 고민까지.

행복하고 싶었을 뿐인데
왜 자꾸 두려운 걸까.

## 상대의 표현이 부족할 때

물론, 그럴 수 있다.
사람마다 성격도 다르고, 생각도 다르니까.
그렇지만, 확실한 건 사랑에 있어서
불안까지 안고 싶은 사람은 없다는 것이다.

그 사람은 지금 내가 당장 만나고 있는 사람이고,
또 사랑하는 사람이니까.
그만큼 당연히 확인하고 싶은 마음이 커진다.
자신이 마음 쓰는 만큼은 아니더라도,
사랑받고 싶고, 상대의 사랑이 느껴졌으면 하는 건
너무나도 당연한 것이다.

안쓰럽지도 않은가,
한 사람의 사소한 태도에
다른 한 사람은 잠 못 이룬다는 게.

애처럼 칭얼거리는 게 아니라,
그저 오래 보고 싶은 마음일 뿐인데.

## 잘못된 방향의 집착

'아니, 이게 왜 집착이야?'라며
자기 지인과의 일에 대해
억울한 감정을 토로했던 친구가 있었다.

한참 그 친구의 하소연을 다 듣고 났더니,
오히려 확신이 들었다.

억울해하는 친구가 안쓰럽기보단
친구의 지인이 얼마나 숨 막히고,
얽매이는 기분이 들었을까 하는 안쓰러움의 확신.

어떠한 것에 집중하고
때로는 집착하는 일이
꼭 나쁜 것만은 아니라고 생각한다.

그러나 문제는
잘못된 방향으로의 집착을
관심과 호감이라고 판단하며,

본인의 행동에는
한없이 관대해지는 게 문제이다.

분명 누구도 그런 집착을
바라지 않을 것이다.

관계와 사랑에 있어서 필요한 것은
집착이 아닌 집중과 배려이니까.

● ◖ ☾

이제는 놓아도 될 사이인지 의문이 든다면
함께했던 과거를 떠올려보는 거예요.

나에게 아직 추억인지,
아니면 그저 기억일 뿐인지.

백번 이해하며
넘겼던 것들이

결국,
마음을 닫게 되는 이유로
변질되죠.

# 사랑까진 좋았는데

문제는 그거죠.

진작 마음이 뜬 사람에게
믿음을 바라고,

작은 부분을 챙기지 못하는 사람에게
하루하루를 기대했다는 거.

여기서 더 큰 문제는
그 사람에게
내가 가장 의지했다는 거고.

# 시작이 어려운 이유

모든 이별의 가장 큰 회의감은
지치는 것이 아닐까.

사람에게 지친 것과
사랑에게 지친 것.

언젠가 다시 설렘을 느끼게 되었을 때
또다시 처음부터 시작해야 된다는
그런 두려움과 막막함 같은 것들.

누구나 처음엔
그 사람이 마지막일 거라
기대하며 용기를 내니까.

# 상남동

미련, 당연히 남겠죠.

오늘 웃으며 뒤돌아선 것도

어쩌면 당신을 사랑하기 때문이에요.

나로 인해

당신이 흩트러지는 게 싫어서

그 정갈했던 하루에

괜한 멍을 새기게 될까 봐

조심스러웠던

진심이었으니

잘가요.

잘자요.

## 3년 전 나에게
## 해주고 싶은 말

**첫째, 그거 아니야, 되돌아가.**

**둘째, 지금이라서 더 행복한 거야.**

곧 고민의 시간이 찾아올 거야, 노력해.

**셋째, 그 사람, 너무 믿지 마.**

지금은 그가 좋기만 하겠지만 눈을 떠야 해.

**넷째, 내가 좀 더 하고 싶은 걸 해.**

그게 네 삶을 단단하게 지탱해줄 거야.

**다섯째, 여행을 좀 가.**

꼭 가보고 싶었던 곳으로의 여행은

미루지 않았으면 좋겠어.

그 사람에게 내가 없다는 사실보다
그 사람은 내가 없이도 괜찮다는 게
더 참기 힘들고, 슬픈 거예요.

내가 괜찮지 않은 일에
괜찮을 테니까요.

# '우리'가 정리되기까지

"카-톡."
"○○○고객님! 우체국입니다. 택배를 오늘 17시부터
20시 사이에 배달할 예정입니다.
배달 장소: 서울시 은평구 신사동 ××아파트 ×××."

너에게 갔어야 할 알림 메시지가 내게 온 날.
모처럼 고요했던 하루는 그렇게 무너졌어.

마치 누군가 내게
'네가 평온함을 느끼게 둘 순 없지.'라는
앙심을 품은 것처럼
메시지 한 통이 휴대폰 화면을 밝혔어.

그래, 벌써 시간이 꽤 지났지.
너를 만났던 날들 만큼이나 시간이 흘렀지만,
'우리'라는 단어가 정리되기엔
아직까지도 남은 것들이 많았나 봐.

지금은 사라진 동네 카페에서의 마지막을 끝으로
너와의 헤어짐을 받아들일 수 없었을 때처럼,
이따금 오늘과 같은 메시지가 오면
멀쩡했던 하루가 번번이 무너져.

헤어진 지 한 달쯤 지났을 때인가?
정신없이, 시간의 흐름을 인지하지 못할 정도로,
그저 하루를 삼키기 바빴을 때.
도저히 감정이 추슬러지지 않아서,
이런 메시지 한 통에 좌지우지되는
내 모습이 싫어서, 네게 연락을 했었지.

너무하는 것 아니냐며
정리할 거면 확실히 정리하라고.

왜 이런 일로 사람을
신경 쓰이게 만드느냐면서, 아주 모질게.

예상했듯이 아무것도 달라질 것은 없었어.
오히려 '그냥 그대로 두었다면
가끔 네 존재를 떠올릴 수 있었을 텐데.' 하는
약간의 후회가 밀려올 뿐이었지.
내 속이 편해진 것도,
관계가 깔끔해진 것도 아닌 상태로.

난 이제 "다 잊었어."라는 말을
믿지 않아.

다 잊었다고 확신한 순간에
불현듯이 불쑥 찾아오는 것들이
차고 넘치기에.

관계는 끊을 수 있는 것이 아니라
흐려지는 것이라고.

잦은 연락과 확신으로 가득 찼던 하루를
부재와 불확실함으로 다시 되돌리는 일이라고
그렇게 생각해.

너도 쉽게 잊을 순 없겠지.
누군가를 가까이하다가, 이별하게 되는 일은
진심으로 내줬던 마음의 빈 공간을 응시하며,
즐비한 공허함을 밟는 것 같아.

4년이 흘렀지만 여전히 정리의 연속이야.
어쩌면 아직까지도 나는 쓰는 것을 빌미로,
정리되지 않은 기억들 위에 서 있는지 몰라.

언젠가 아무 일 없었다는 듯이
의연할 수 있게,
웃으며 그때를 추억이라 부르기 위해서.

시간이 흐르면 괜찮아진다는 말.
사실 그렇게 믿고 싶지 않다.

그 숱한 시간이 흐르는 동안
나는 힘들었고, 자주 울었으며

셀 수 없는 밤을 빌려
마음 정리한 거니까.

잊은 게 아니라
덤덤해진 거니까.

# 관계의 끝에서

문득 다시 사랑하고 싶을 때가 있어요.

깜빡 두고 나온 이어폰처럼
당연시했던 것이 없어져 그런 거겠죠.

늘 웃게 해주고 싶어
곁에 두고 싶었고
행복하다 느낄 땐
내 옆에 있었던.

그저 당신이 그리운 걸까요,
당연했던 그 마음이 그리운 걸까요.

# 행복할 예정입니다

마냥 불행한 인생을 이어오고 있다며 한탄하는 누군가도,
비록 희미하게나마 행복의 감정을 알아요.

어느 소설가는 인생이 여러 가지 맛의 비스킷이 담긴
상자 같다고 말했죠.
좋아하는 비스킷을 먼저 먹어버리면 싫어하는 맛만 남듯이,
싫어하는 일을 먼저 겪은 이들에게는
곧 좋은 일들이 찾아올 차례이지 않을까요?

힘들었던 만큼, 남들은 평범하다 넘길 수 있는 것
소소한 것만으로도 행복을 느낄 수 있을 테니까요.

그렇게 오늘도 우리는 행복할 예정입니다.

● ◖ ☾

나를 계속 힘들게 했던 것을 놓았을 때,
'안 그럴 줄 알았는데
생각보다 괜찮네?'라는 생각이 든다면.

그 일이 별거 아니었음에도
내가 바보처럼 못 놓았던 게 아니라,

내가 지금처럼 태연할 수 있을 정도로
충분히 힘들었다는 것입니다.

# 나를 위한
# 다정함을 기억하며
# 살아주기를

어제보다는 조금 더 나아질 거라는 생각으로
애써 잠들었던 날들,

모난 말들에 속상함을 감출 수 없었던 순간들,
걱정과 고민으로 불안해하며 보냈던 시간이

다시금 주마등처럼 스쳐갑니다.

비록 사소해 보일 수 있는 짤막한 문장들이지만,
이 중에 단 한 줄이라도
당신의 마음에 스며든 문장이 있다면
그보다 저를 웃음 짓게 하는 건 없을 겁니다.

부끄러운 고백을 하자면
이번 책을 쓰면서는 몇 번을 울었던 것 같습니다.

글을 쓸 때의 상황과
그때의 제 모습이 떠올라
괜스레 측은한 마음이 들었다고나 할까요.

어쩌면 제목을
'네가 혼자서 울지 않았으면 좋겠다'로 결정한 이유도
누군가에겐 저의 말들이
그 사람의 삶일지도 모르겠다는 생각이 들어서

부디,
저처럼 혼자서 울지 않았으면 좋겠어서
짓게 된 것입니다.

지금이 글을 쓰면서 가장 뜻깊은 순간입니다.
책을 쓰는 과정은 여전히 쉽지 않았고,
익숙해지지도 않았지만,

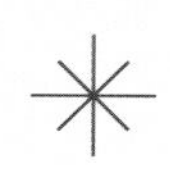

포기하고 싶을 때 놓지 않을 수 있도록
응원해주셨던 많은 분이 있었기에
더욱 진심을 쏟을 수 있었습니다.

이제 이 응원을 반대로 제가 드리고 싶습니다.

이해하지 않아도 되는 것들에
초점을 두기보단

나를 위한 다정함을 기억하면서
살아주세요.

세상의 길은 내가 바라보는 시선대로
펼쳐진다고 믿습니다.
그 시선을 자신이 위축되지 않는 방향으로
이어가 주세요.

지금 내가 고민하는 것들은
도전에 있어서
생각보다 큰 걸림돌이 되지 않습니다.

지금이라는 순간은
시작하기에 가장 빠른 순간이기에,
아직 아무것도 늦지 않았습니다.

생각처럼 되지 않는 하루를 살아내느라
오늘도 참 고생 많으셨습니다.
고맙고, 또 고맙습니다.

우리가 다시 만날 순간까지
부디, 안녕하시기를.

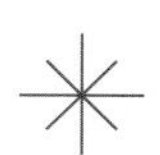

**네가 혼자서**
**울지 않았으면**
**좋겠다**

초판 1쇄 인쇄 2020년 11월 30일
초판 21쇄 발행 2023년 7월 25일

지은이 안상현
펴낸이 최세현

펴낸곳 비에이블
출판등록 2020년 4월 20일 제2020-000042호
주소 서울시 성동구 연무장11길 10 우리큐브 283A호(성수동2가)
이메일 info@smpk.kr


값 15,000원
ISBN 979-11-90931-19-9 03810


• 비에이블은 컬처허브의 임프린트입니다.